U0904232

# 我的乔治亚

西西

译林出版社

图书在版编目（CIP）数据

我的乔治亚 / 西西著.—南京：译林出版社，2020.7

ISBN 978-7-5447-8306-4

Ⅰ.①我… Ⅱ.①西… Ⅲ.①长篇小说 - 中国 - 当代 Ⅳ.①I247.5

中国版本图书馆 CIP 数据核字（2020）第 086943 号

本书由台湾洪范书店有限公司授权出版，仅限中国大陆销售。

**我的乔治亚　西西 / 著**

责任编辑　管小榕
特约编辑　刘盟赟
装帧设计　谢　翔
校　　对　蒋　燕　孙玉兰
责任印制　颜　亮

出版发行　译林出版社
地　　址　南京市湖南路 1 号 A 楼
邮　　箱　yilin@yilin.com
网　　址　www.yilin.com
市场热线　025-86633278
排　　版　南京展望文化发展有限公司
印　　刷　南京爱德印刷有限公司
开　　本　850 毫米 × 1168 毫米　1/32
印　　张　7.375
插　　页　4
版　　次　2020 年 7 月第 1 版
印　　次　2020 年 7 月第 1 次印刷
书　　号　ISBN 978-7-5447-8306-4
定　　价　58.00 元

# 1

见到这幢房子就喜欢了，因为是乔治亚的古典建筑。当时，房子还只是一幅印在硬皮纸盒上的图像。我仔细看了一回说明，知道是白木框架，没有着色，买回去后得自己配砌，但显然毫不困难，房间的间隔和窗子都已做好，只不过需要驳接几枚螺丝钉。

家里其实已有一二幢玩具屋，可都是塑胶制品，而且是美国式：房子四周都有入口，房间朝不同的方向开敞，可以从四周观看。但这样的玩具房子得放在可以旋转的桌子上，或者，桌子的四周可以围绕走动。更大的问题是，这类房子没有板门（panel），难以清洁防尘。

我见到的木房子是欧陆式的玩具屋品种，源自德国，盛行于荷兰。荷兰玩具屋本身是一个橱柜，打开橱门才知是玩具房子。这种橱柜玩具屋并没有房屋的外貌，没有屋顶、窗子、大门，或者外墙装饰，只有室内的间隔布置。后来，一幢幢具备建筑外貌的房子在英国出现，承接德国传统，趣味却从内转向外，外貌很讲究，室内布置反而很马虎，比不上祖辈；摆设也不合比例，一只碗竟有半张桌子大。欧陆式玩具屋的正立面设板壁，可以打开，平素关上，因此防尘。而且，房子背面是墙，正好贴墙安放，像浮雕那样。

英国的木头玩具屋有许多类型：都铎皇朝式、维多利亚式、乡村茅屋式等；最吸引我的是十八世纪的乔治亚。乔治亚（Georgian）建筑，是由于当时连续在位的四位英皇都叫乔治。其实译成乔治也可以了，但我还是比较喜欢乔治亚的叫法，以便跟名词区别。这种建筑以简洁、和谐、严整著称，源于希腊神殿和意大利柏拉底奥（Palladio）形式，房子四方形，大门开在正中，两边是窗子，前后斜落两面坡屋顶，对称均匀，连烟囱也建在屋子一左一右，端正，稳重。大门进内是楼梯，房间分布两侧。屋子两层，但可加配一层地库和一层带老虎窗的阁楼。我把顶层和地库全数买下，高兴得很，走出店门一边阅读说明书，一边盘算着：我家中的乔治——亚房子，一不小心，踏空梯级，摔了一跤，扭伤脚踝。

说了半天玩具屋，还要分梳一下，这种屋子虽然都内有家具、玩偶，外有房子的外貌，却有两类。一类是名正言顺给小朋友玩耍的玩具屋（toy house或doll's house），特色是木头扎实坚固，构造简单，容易配砌，上几十枚螺丝钉就行；家具则比较厚重，经得起敲打摔碰，最重要的是不含毒素，而以白木为主，不大染色，只求形似，不拘细节。屋子是给小孩子玩家家酒游戏用。另一类，称为娃娃屋（dollhouse），或者仍然叫玩具屋，有时也称作玩偶屋，问题在侧重的是屋子，不一定有玩偶，有也不见得重要，这类微型屋，虽然小朋友也可玩，但主要是成年人的藏品，用作观赏，不宜把玩；屋中的家具，可以非常精致，是真品的缩小版，昂贵得多，在十七、十八世纪，是皇室或富贵人家的摆设，至十九世纪末，才渐渐有商人制造出售，于是普及起来。当然，娃娃屋也可以很粗陋，而小朋友的玩具也可以极珍贵。不管是哪一类，都通称为微型屋，或者袖珍房子，同属迷你型（miniature）。但微型屋也不一定是玩具屋，建筑师做的模型，就不是玩具。

德国的经典娃娃屋以厨房的布置著名，尤其是纽伦堡的作品，满墙满地都是烹饪器皿，目的是教导幼童认识厨具，连皇室的男孩也要学习，就不是普通玩具那么简单，因为要呈现真实的生活，每一物品都是微型实物。我买的屋子，严格地说，不是真正的娃娃屋，只是玩具屋。

2

屋子送来了，共三大盒，一盒是一栋两层楼建筑物的主体，共十份构件，我一一把它砌筑。真好，不用加钉。墙身背面一件，侧面两件；地基一件、天顶一件、楼板一件，两道狗腿式楼梯（dogleg stairs）。这种楼梯，上下楼梯左右排齐，所以没有梯井，省地方。正立面分两片木板，不用铰叶连接侧墙，而是入榫。毕竟，这是玩具，如果太复杂，儿童操控不来。立面做得很漂亮，楼上三个窗，楼下二个，六分格窗框，有边框围绕，还刻了粗略的拱顶石。如果窗子可以上下升降、开合（sash window），那就更理想了，如今是密封不能移动的。我有一幢维多利亚乡村式三层高塑胶玩具屋，窗子比较传神，既有上下升降式，也有内外推拉式。塑胶容易制模，木窗，功夫就繁复了。

大门开在正中，这是典型的乔治亚形式，而且大门有一定的规格，门顶上端一个扇形透光窗（fanlight），门身分六格饰板（panels）。玩具屋完全合乎标准，而且门框外还有三角石楣，旁有两支陶立克式希腊石柱。当然，石仍是木刻出来的，需要加上想象。房子最漂亮的地方，还是墙角的一行凹凸形边饰石（quoin）。设计这房子的人，显然是建筑的行家，这样的玩具设计，已不是单纯为了讨好小朋友。

房子带一个端正的屋顶，前后两面坡，一条实而不华的屋脊，两侧分竖起一枚烟囱，三角形的山墙与建筑物的侧墙相连。烟囱从底座伸出，既实用又漂亮，使房子带一种温暖的人气。早期的乔屋，烟囱建在屋外，后期才进占室内。

如果只购置一座两层楼的乔屋，楼身加上屋顶就齐了。可是这种房子大多下连地库（basement），上接一个有趣的阁楼（mansard roof），附有从斜面伸出的老虎凸窗，再把屋顶罩在上面。这么一来，整幢房子又多了姿态，显得独特而活泼。我当然配齐了阁楼和地库，地库附一道曲尺形楼梯直达正门，地库本身也有大门，供仆人进出。连同地库和阁楼，乔屋就有八个房间了。狗腿式楼梯没有梯井和开阔的梯间平台，不然的话，就会占多四处室内空间。玩具屋的内部空间，当然愈多愈好。

3

房子砌好，不外镶上十八枚螺丝钉。四扇门并不用铰叶，只需入榫，在门顶和横梁上有洞孔，嵌入一颗圆木，就咬住了。把房子放在一个矮木柜上，屋顶比我高，阁楼正面不能打开，得掀起屋顶，还得端小凳子站上去才能看清内部。用一个更矮的箱子作底座吧，可这样子，看见顶层内部了，地库却又嫌太低了，总不能趴在地面看室内的情况。

一幢房子，八个房间，不算少，但分配起来，还是不够，单是考虑房间的类别，竟花了好几天。地库当然是厨房系列。十八世纪的乔治亚房子，房间不少，厨房一般包括主要的烹调室（kitchen），内有明火炉灶、碗橱、大桌子、小桌子，或者还有面包炉，这是厨师的天地。跟烹调室相邻的是配膳室（pantry），那是准备膳食、收藏餐具的地方；还有一个洗菜室（scullery），内有石砌的洗菜盆，附有打水入户的水泵。十八世纪，家家户户的用水都得到街上去取；食水喉（水龙头）通入住宅，只极少数上层家庭才有。在配膳室外，则是储食物库（larder），收藏面粉等用品。那时还没有冰箱，地库阴凉的角落用来储藏水果蔬菜。地库一角另设酒窖（wine cellar），当时的人无不爱酒。洗菜室相邻是洗衣室（laundry），室内常备热水，又有大铜锅，用来煮衣物。

地库这么多房间，还不算厨师等人的睡房哩。玩具屋的地库只有两个房间，只能用一间作厨房，并且把配膳桌、洗菜盆都挤在一室了。乔屋配套的厨房家具共三件：煮食炉、方桌和洗菜盆。最道地的是洗菜盆，那个水泵还拉得动。煮食炉完全不是十八世纪的壁炉（range，跟oven有别），暂时只能将就。地库的一间房间是厨房，另一间，决定作餐厅。本来餐厅应在地面一层，和客厅接邻，但房间不够用，只好设在楼下。餐厅和厨房比邻，也是常见的设计。

地面一层的两个房间，一个当然是客厅了。配套的家具是一套桌椅，以及一座落地古老大钟。钟不错，扶手椅子却不好，又高又浅，玩偶也坐不舒服，我干脆放弃，从餐厅搬了两把餐椅进来。搬进来的还有大壁炉。客厅，应该是最漂亮的。坐具中的长方桌比餐桌略小，也不错，因为十八世纪还不流行沙发和矮茶几，只用小桌子。乔治亚房子的家具以少见称，不过几件而已，桌椅都贴墙安放，一个房间，进去只见二三椅子和小桌。乔治亚人习惯把家具收起来，客人多了，才把椅子桌子搬来；客人离去，又再搬走。所以，那些房间总显得宽敞整齐。主客厅一般很少用，家具都极精致贵重，仆人用布把家具罩起来，以免日晒和沾尘。

地面一旁的另一个房间是什么呢？照苏格兰人的习惯，会是主卧室，因为女主人喜欢室外的花园。十六、十七世纪时，主卧室常常当客厅，客人就坐在里面聊天、喝茶，人来人往。所以，这卧室布置得分外漂亮，尤其是一张四柱大床，床帏华丽而讲究。十八世纪时，主人逐渐领会私隐的重要，需要自由自在的活动空间，就把主卧室移上一层。我也把主卧室设在楼上，地面层的另一室，辟作书房最好。我喜欢书房。

乔治亚乡间大房子，有的多至二三十个房间，其中一定有书房和图书室。书房可以工作，也可摆设主人喜爱的事物。富裕之家的长子，经过游学大旅行（grand tour）回来，视野扩阔了，且受时尚的影响，书房摆满雕像、望远镜、地图、地球仪、贝壳、蝴蝶标本等等。印刷术的推广，使书籍易得，十八世纪人追求知识，爱好科学，喜欢文学，家中书本就累积起来了。我的乔屋没有图书室，但有书房，跟图书室合二为一。我让乔先生坐在书房里静静地看书。他这样子是愉快的，我想。

—还可以吧。

—哦，听你的口气……

—请您给我一把坐起来舒服的椅子。

—你坐的这把是可以旋转的书房椅子，和书桌配成一套。

—一套当然很有气派，不过您看，椅座不是太高么？我吊着双脚。椅子是否舒服，真正坐的人才知道。金字塔看来是很牢靠的，但是否舒适，还得问问里面的法老。

—扯得真远，椅子没问题，我只需替你转低两圈就行了。这旋转椅用螺丝钉连接椅座。这样子，是否好些了？

—这好多了，谢谢，啊，还有……

—乐于为你效劳，乔先生，你才是乔屋的主人。

—这是书房，我想要的书这里还没有。

—你想要的书，抑或是，你想看的是什么书？

—想要和想看不一定是同一回事。譬如笛福的《鲁宾逊漂流记》；狄德罗的《宿命论者雅克和他的主人》；拉伯雷的《巨人传》。

—对不起，你懂法文？

—一点点吧，别忘了我去过“大旅行”，而且留法一年，好歹学过五年法文。还有阿里奥斯托（Ludovico Ariosto）的《疯狂的奥兰多》（*Orlando Furioso*），这个可有英译本么？

—要查查看。

—还有……

—还有？

—菲尔丁的《一七三六年历史日记》。

—《一七三六年历史日记》？

—出版后，可因为讽刺政客，议会通过，以后的戏剧上演前，剧本先要交宫廷审查，菲尔丁因此放弃剧作。这书也就成为收藏品，后来虽然再印，但要读的人太少了，结果才几十年吧，已变得湮没无闻，这个我反而想看看。此外，如果不嫌麻烦……

—不麻烦。

—我要一本《曼德维尔游记》。

—那是十四世纪的东西，所谓游记，可大部分是虚构的哦。

—虚构？你怎么居然会质疑起虚构来？曼德维尔是我国散文的鼻祖，莎士比亚和班扬也从他那里汲取养素。

—书恐怕不易找，我先给你《马可·波罗游记》，先看这本好了。

—我要看书，一支烛不够亮，给我三支的烛台吧。

4

楼下是主客厅和书房，楼上就轮到主卧室了，配套的家具不错，有一张四柱大床，这种床的历史悠久，早两个世纪已经流行，大床四柱挂上帷幔，本来为防风、保护私隐，再演进成为装饰，用的是最昂贵的丝绸或者刺绣，因为主卧室以前曾当客厅用。卧室移到楼上一层，四柱大床仍受青睐。二十世纪后不少人仍爱四柱床，挂一幅纱帐以防蚊子、飞蛾。维多利亚时代把床顶裁减一半，装饰成法国宫廷式，床罩又和窗帘布配成一套，缤纷华丽。

四柱大床体积不小，放进房间，还得贴墙，占去过半空间，剩下窄窄的床边，只放得下一把椅子、一张梳洗台。衣橱同样大型，挤入内壁，看看也透不过气来，舍弃了，还得摆一个壁炉哩。乔治亚房子，每室都有壁炉，北地天寒，简·奥斯丁的《理智与情感》(*Sense and Sensibility*)写一家女子迁入乡间小屋，睡觉时要穿上袜子御寒。

楼上的另一室可以布置成另一卧室，但我不想重复，决定设一沙龙。十八世纪后期，主客厅备受冷落，毕竟难得有贵宾莅临，来的都是熟人，社会风气又渐趋开放，爱自由自在。餐后男人都留在饭厅，女子退至客厅。这客厅名为drawing room，我起初不得其解，因为这房间和绘画无关，后来才知是由withdraw转变而来，即是撤退。男子留守在前线餐厅继续喝酒、抽烟，女子撤离到后方的小厅，倒非完全是性别歧视，而是当时还没有室内厕所，没有抽水马桶，餐厅内的特别橱柜中藏有便壶，形似我国痰盂，但有耳柄，就像一个大茶杯。女子离场，男子就可方便了，还方便讲粗话、情色笑话。女子当然也得到另一室去方便。次客厅不比主客厅的严肃，这是女主人的天地，装饰得女性化，相对轻松自在得多。没有宾客的时候，次客厅也是家庭成员的起居室，下棋、玩牌、弹琴、唱歌、做针线，和孩子相处。没有早餐厅的家庭，次客厅也是早餐的地方。豪华大宅中设有音乐室，一般的家庭，次客厅也兼作音乐室了。

这么重要的厅堂，我的乔治亚房子应该设一间才行，这是女主人的会客室，又是家庭起居室、音乐室。这室发扬光大，成为仿效法国的沙龙，不但女宾常至，连男宾也喜欢到访，谈文说艺，朗诵诗篇。而女子受了教育，地位提升了，加上特有的敏感和细心，聊天时，不让男子垄断，像维吉尼亚·吴尔芙那样。

—对不起，请问吴尔芙是谁？

—啊，对不起，乔太太，她是十九、二十世纪的人。我是否夸大了？我只是想到女子也应该有一个自己的房间。

—对对，我怎么会拒绝呢；但我宁愿限定这么一个好地方不谈政治。男人不谈政治就好像不像男人似的。这是他们的餐后甜品，就让他们留在烟雾弥漫的餐厅里谈个够吧。

5

阁楼位于斜屋顶，通常是小孩的角落，小孩的房间可以有两个，一间是日间儿童室，供儿童学习和游戏；一间是夜室，由保姆陪同睡觉。十八世纪的父母，自己不带孩子，只交给保姆、家庭教师。孩子留在阁楼，不许到处走动，也不下楼见宾客，一天之中，也只有下午见见父母，相处一两小时。一日两餐（一般只吃两餐，后来才有三餐）都在阁楼。男女主人都不上阁楼，不下厨房。这么一来，亲情可能淡薄了，却能培养独立、自尊的人格。独立、自尊，是自小从一个自己的房间开始建立的。

我的乔治亚房子只设一间儿童日室，夜室嘛，和其他的一些房间，都属于想象的世界，因为玩具屋只呈现一个方向，屋背是看不见的，那里就是其他的房间了，包括仆人的居室、后楼梯、院子、花园等等。我在阁楼设一间熨衣室，我想这又比再布置一个睡房好。我看过一些娃娃屋的室内设计，最真实而动人的是荷兰房子，虽然没有建筑外貌，但室内很讲究，阁楼一定有熨衣室，梁上还架起木架，悬挂晾干的衣物。其实熨衣室要熨的主要不是衣服，而是棉织物，什么床单、床罩、枕套、台布、餐巾等等，用一个如同印刷机似的绞机压熨，备有专柜安放洁白整齐的布巾，那是一件耀眼的家具。十八世纪是有熨斗的，用烧红的炭放在熨斗里，比较麻烦，常常要添加新炭，又得防止炭灰飞扬。要熨的衣服大多是内衣、袜子之类，花边彩带特多，女仆得细心手巧才行。至于晚装丝绒大衣外套、丝质名贵衣物都拿到洗衣店去。收费可不便宜，因为洗之前，得把花边钮扣一一拆下，洗完了再缝上去，都是人手操作。

好了，房间分配好了。八个房间就得八套家具。和房子配套的家具只有六套，另配一个三角大钢琴，六套家具中，竟有一套浴室设备，令人啼笑皆非。当然小孩子并不会介意，还会特别喜欢。何况，十八世纪的屋子难道不可以住现代人？如今欧洲人许多就住在古老的房子里，外貌和构造不变，内部则可改建，加上空调、现代化厨房，以及摩登浴室。我的处理方式是尽量依十八世纪的原貌。否则，我何必买一幢乔治亚的房子呢，家中早有一座维多利亚式的乡间大房子了。十八世纪的房子，还没有浴室，但我还是买了那套浴室设备。四件家具中，抽水马桶用不上，因为马桶偶或出现，抽水则绝无可能，自来水固然欠奉，排水的下水道和沟渠，尚未敷设。不过，浴具中的一个浴盆却是真实的用具，这盆可挂在房门背后，或藏在杂物室。谁要洗澡，就吩咐仆人把盆搬到房间的壁炉前，再从地库取热水，一桶桶提上楼注满浴盆。洗完澡，同样要把水一勺勺掏入水桶提下楼去倾倒。

洗澡是件大事，一年大概难得几次吧。记得多年前初次到英国旅行，挑了一间“晚床及早餐”（Bed & Breakfast），原来由修女管理，修女说，如果要洗澡，先通知她。二十世纪了，洗澡还那么麻烦，尽管浴室中有浴缸。除了古老浴盆，家具中另有毛巾架和洗脸小桌，这小桌用来摆放一套脸盆和水瓶，是睡房必备的用具。既无浴室，只好在睡房中梳洗，通常，小桌底下还放置便壶。我的乔屋不设浴室，我把浴盆放在阁楼，梳洗台放进卧室。卧室中另有一个小梳妆台。钢琴放进沙龙，没想到还会奏音乐，可以不停吟唱一首舒伯特的催眠曲。呵哈，一八〇〇年，舒伯特才只有三岁。我的理想是一座四方形书桌式的钢琴，看看迟些能否找到，要绘花的。

房间一多，家具不够用了。我又不会做家具，只好上文具店碰运气。可不幸运，竟有模型家具1/12比例（一寸比一呎），国际标准制，和我的玩具屋相配。原来是台湾的产品，一九九三年版，都是已经刻好的木板，只要把模件从薄板中推出来，用砂纸磨一下，就能砌好，全部入榫，不用钉子，也不需用胶水。模型共七套，其中一套是游乐场的秋千、滑梯、跷跷板、公园椅，我用不上；浴室一套，我也不需要，其他五套倒很适合。

在花园街见到木家具模型，内地制造，木料差些，图样显然是仿的，并且把一套家具分成两套包装出售，但价格便宜，我买了几盒壁炉。家具的搜集暂时就这样了。

6

有一年，到荷兰旅行，为了想看娃娃屋。荷兰的古典娃娃屋，都保存在博物馆里。我先到阿姆斯特丹的国立博物馆，远远看见门口搭起了棚架维修，整个人好像被冰水淋头，凉了一截。走近瞧瞧，咦，有一个小小的侧门敞开，可以进去。原来博物馆特别开放几个房间，展出部分镇馆之宝，不让访客失望。

什么是镇馆之宝？第一个房间展出伦勃朗的名作《夜巡》；第二个，正是我想看的十七世纪橱柜式娃娃屋。第一室只有一幅大画，第二室也只有这么两座大娃娃屋。名画与名屋相邻并置，没有人会认为不恰当；因为后者并非儿童玩具，同样是艺术。房间很宽敞，娃娃屋放在中间，打了灯照射，屋前摆放矮梯，让观众走近登梯俯看，因为娃娃屋着实高大，像一个大衣柜，而且更深更阔。在这个博物馆里，观众看完《夜巡》，就去看大娃娃屋，或者看完了娃娃屋，就去看画，大家都很满意。

这座娃娃屋名为Petronella Oortman（1656—1716），以主人的名字命名，共有六个房间和三个梯间。客厅的墙壁是手绘的风景画。两个卧室的床帏、椅套，都是真丝缝制。厨房的大壁橱，放满青花瓷器。这些，呈现了当时新娘的嫁妆。屋内本来有玩偶，如今只剩一个婴儿。为什么会知道？因为娃娃屋的主人曾请画家为屋子写真，这画同时就在博物馆展出。屋外有门可以关上，平日还有帷幕拉上保护。整座娃娃屋的造价，据说足够在运河边买一座真正的大楼。

博物馆里另一座大娃娃屋，主人则为Petronella Dunois，近六呎高，共八个房间。特色是布置了一间吸烟房，两名男子坐着。室内有烟斗、剃须用具和痰盂。墙上同样挂满手绘的画。顶楼是熨衣室，一名女子在熨衣。屋内玩偶有二十个，都穿十七世纪荷兰黄金时代的服饰，华丽，斑斓。这时期的画和屋，互相补充。

荷兰的经典娃娃屋分散各地。另一位著名屋主是Sara Rothe，她嫁给富商Jacob Ploos van Amstel，婚后没有子女。她喜欢微型珍宝、银器等，所以请人制造娃娃屋，造了一座又一座。她不但布置屋子，还做记录，把每件微型精品的价值、来源、工匠，详列下来，仿佛博物馆的文书。一天，她从哈仑上阿姆斯特丹会合丈夫，再共同回家，哪知途中发生意外，马匹失蹄，马车坠落运河，Sara太肥胖了，无法及时抽身，因此遇难。她的大娃娃屋如今藏在哈仑的法兰兹·哈尔博物馆。合共十二个房间，其中的珍宝室是典型的展示厅，满墙托架，摆上名瓷和小银器。另一个书房，则收藏了可翻可读的微型书本。我到了哈仑，看了哈尔的画，就去找Sara的娃娃屋。问职员娃娃屋呢？她一脸茫然。我赶忙说：Puppenhaus，她说呵呵Puppenhaus；然后愉快地指示我方向。那是很宽敞的一个房间，大娃娃屋摆放在正中，内容却很丰富、精致，同样有矮梯方便观众。

她的另一件精品在海牙历史博物馆，不再如实反映荷兰的生活，而以自己的喜好布置房间，橱和柜甚多，以便安置她的微型宝藏。这珍宝室是她的最爱。海牙的娃娃屋面积较小，但数量多。馆里一位职员是华人，也许难得看见同声同气的远客，带我参观藏品，并且满有兴致地讲解：这是《夜巡》中的长矛……

7

○ 把门关上的时候，

○ 玩具屋真像一个橱柜。

○ 但有建筑物的外貌。

○ 一旦把门打开，

○ 就看见一座楼房的内景。

○ 是一幢玩偶之家。

○ 不，仔细看，站远了看，我看见许多不同的景象。

○ 举一个例说说。

○ 你不觉得它像舞台？

○ 而我就是舞台的布景师，把背景糊上，把家具摆好。

○ 你同时又是导演。

○ 编排人物坐立的位置，身处的空间。

○ 不过，一般的舞台没有这么复杂。

○ 因为舞台大多只有一个独立的场景。

○ 这里却有八个房间，八个场景。

○ 有些舞台也呈现几个场景，可以是两至三个。

○ 我国古典的戏台，譬如北京故宫的就有三层，一层是人间，一层是天国，一层是地狱，神仙常常要从三楼上飞下来（也就是吊下来）。

○ 我年幼时看过一出戏，大侠是从观众席的上空飞到舞台上降落的。

○ 这是很前卫的了，后来有许多话剧，演员可以从剧院的四方八面上下舞台。

○ 莎士比亚当年的舞台也是如此。

○ 如今新仿建的莎剧舞台也像以前一样，演员随意上下。

○ 可惜我们去看的那天，只上演莎士比亚最糟的剧本，如果是《哈姆雷特》多好。即使早三天，也可看到《暴风雨》，还是名演员云妮莎·烈格里芙当女主角。

○ 那剧场到底是旧式设计，两侧直柱挡去两边观众的视线，他们只能听戏，而买站票的观众竟要连站数小时，不可坐在圆环的地上，即使是最后一排也不可以。

〇 不可以，难怪几位老人家怏怏地走了。

〇 电影也可以同时呈现多个画面。

〇 分割成平行蒙太奇。

〇 看起来是很辛苦的，只能是过渡的描述，因为一个人到底只有两只眼睛，不知该看哪一个画面才好。

〇 所以，一个人即使客厅够大，又阔气，总也不会购置十台电视，同时观看十个不同的节目。

〇 啊，我想起来了，早半年在上海浦东看展览。

〇 是的，东方明珠底层的那个《上海文物展览会》。

〇 实物既多，又有创意。西洋镜、哈哈镜都很有趣，还有大街小巷的重建，街道的楼房，重现了各行各业，二三楼的民居，一个个房间布置得详细，岂不就是玩偶之家。

〇 我非常喜欢那些微型家具，可惜没有另做一批出售。我最喜欢的是声光设计。

〇 一条街，两边楼房，四层高，是横切面，就像打开了橱门的玩具屋，楼板、楼梯、间隔，清清楚楚。忽然灯光一亮，电影式的画面出现了，一个个会走动、会交谈的彩色光影人物在互道寒暄，祝贺新年。

○ 最神奇的是，除了声音，人物竟能上下楼梯，房子是实物，声光人物是虚构，配合得天衣无缝。

○ 虽然短短几分钟，然后一切又归于黑暗。

○ 这次到上海，最大的收获竟是看到这么有意思的展览。

○ 那些楼房，褪去了墙壁，露出了结构的骨骼，有点像电影片场的布景。

○ 有的导演喜欢在屋外摇镜头，从一个窗口横越另一个窗口。

○ 这样就省去在户内登堂入室了。

○ 事实上，人又不会飞，怎能在窗外近距离飞来飞去。

○ 电影毕竟是虚构的。

○ 没有墙的楼房，除非是地盘上的建筑物，否则就是等拆卸的旧楼。

○ 印象最深刻的是战争造成的废墟。

○ 像贝鲁特。

○ 桃花源是一群用文字构筑的玩具屋？根据晋末人民不能远徙逃避战祸而建造的坞堡？

○ 空间的大小，是不同角度的比例罢了；塑胶、木头、文字，那是不同的媒介罢了。当一个人在细心经营布置他的玩具屋，的确就浑忘了所有的天灾人祸。

〇 不过，我们在不如意的时候玩玩具屋，愉快的时候同样玩玩具屋。

〇 就像心情不好可以踢足球，但踢足球何尝不是心情愉快的一种表现?

〇 但玩具屋毕竟又不是舞台。

〇 因为都凝定了，所有的动作、故事，都在舞台之外。

〇 在我们想象的世界里。

8

对于颜色，我所知有限，大抵是天虹的色谱，加上金银黑白而已；涂料，所知更少。只知磁漆和乳胶漆。以前住的房子，最初是木窗，刮飓风的时候，打碎过窗玻璃，把整个窗框掀开；和风雨搏斗半刻钟，才把窗框抢回拴好。骑楼房已经变成泽国，父亲和我都成为落汤鸡，父亲还压伤手指。后来，经济条件稍好，骑楼换上铁窗，铁窗不像现在的铝窗，风吹雨打会生锈，年年需要髹漆，用的是磁漆，这是我最初认识的涂料。磁漆容易髹，快干，而且不需稀释，小罐装，颜色也多。奇怪，在校读书，小学不记得了，中学从没学过水彩画，油画更不必说了，颜色大概知道红加黄变橙，蓝加红变紫。美术课时，上了两个星期，还是用炭笔画线条，细粗细，一条条画，满纸只是牙签的列阵，后来就抄范本，一上美术课，人人打呵欠。

乔屋和家具都是白木，没有上色，白木不是亮白，本体是米色，木纹清晰，我很喜欢。处理家具之前，先翻书恶补。原来有许多学问。单是笔刷就有几十种，而颜色呢，我全不懂。什么是vinyl silicone emulsion；什么是acrylic eggshell paint？说是用来先打底子，然后涂面料，或抹或刮，做出不同的效果，可以是假木纹、假云石纹、假皱褶纹、铜绿色、残旧式等等。可以把旧家具翻新，明亮照人；也可以把新家具折旧，弄得残残破破，遍体斑剥。花招真多。我只需给乔屋家具上点颜色，又不是法国宫廷，即使是白木家具，还得上白色，再加金色饰边。我找到适用的处理木料法，名为木洗（wood washing），不用打底，只需选好适当的水质颜料，涂一层在白木上，然后把多余的颜料用布抹掉。这么一来，木头有了颜色，但木纹保留，正是我的，不，乔先生的理想。

家具得髹什么颜色？我看是褐色系列吧，十八世纪早期是橡木，稍后是桃木，后来桃木来源少了，就用桃花心木、椴木，都是深颜色。我到文具店买了牙膏状广告彩颜料，水质的。颜料挤出加水调稀，涂上木料后，多余的涂料会出现水泡，或流淌（drip），需立刻抹掉，不然的话，干后的木层上会变成斑豹的花纹。第一步试验成功，我学会上色了。以前，我用磁漆是把铁框掩盖（cover），如今则替木头上色（colour），保留木纹。

试试把干了的家具放进房子，咦，太深沉阴暗了。现实的房子体积大，深色家具效果好；玩具房子面积小，反而变得黑麻麻，气氛不对，玩具应该明朗光亮一点才好。于是把家具拿出来，用砂纸把颜色都磨掉。木头就有这点好处，颜色上错可以磨掉，花点时间就行，我用的正是波普尔说的试错法，从错误中学习。

不用深色，用什么颜色呢？白色不太好。到文具店去找，选了一瓶名叫哈瓦那（havana）的，一半为了颜色本身，一半为了卡斯特罗、海明威吧。这颜料带红土色，多加水，浅了些，我先试试，水多了，颜色就淡了，这也好，可以再涂一层，由浅而深，效果还不错。家具就是红土色，我在哪里见过一个城市，全城都是这种红土色？哦，想起来了，是摩洛哥的马拉喀什，好一个红土城，大街上两行整齐的果树，挂满累累成熟的苹果。满街苹果居然没有被人摘去。哦，原来苹果很酸很酸。

颜色不能保护木头，只美化或者丑化。要保护木头，得上蜡。我没有蜡，我家地板不打蜡，朋友来坐，不用脱鞋子；我家也不铺地毯。旅行带回来的波斯地毯、土耳其地毯，都挂在墙上，而且春夏就卷起来。没有蜡，我想，鞋油应该也可以。家里有一盒白鞋油，我常穿布鞋，不用鞋油，鞋油正好用来抹玩具。上了颜色的木玩具有点没精打采的样子，好像一把沙哑的声音藏在里面；抹上了鞋油，隔个小时，用布一擦，神采飞扬起来，夜莺一般会歌唱了。上的色浅，木纹特别清晰。一本玩具屋书的作者说，大多数的家具做得不错，但被厚厚的油漆破坏了。多蒙提点，乔屋的家具没有变成一堆臃肿不堪、面目模糊的东西。

9

乔屋体积大，我的睡房容纳不下，只好放在客饭厅里，贴墙而立，以一个低矮的描花双门柜作底座，柜内放有关娃娃屋的书籍，以及一些暂时不用的小家具。客饭厅的家具颜色都深，深色使物品显得细小，而且不觉污染。弟弟家中用白木家具，不久都变得污斑斑了。给乔屋髹什么颜色呢？深色太沉，既是玩具，其实什么颜色都可以，英国建在海边的乔治亚房子，许多是白色、蓝色，甚至粉红色。城中的则多红砖屋，就用哈瓦那色吧。我只髹正立面，背面和侧面髹不到，就偷工减料。一本模型屋书的作者忠告我们这些新手：毕竟是游戏，不要给自己压力，休闲的手艺，效果不错就行，不必太苛求。说得好，髹不到的地方我就放弃了。除非把整栋房子拆下，移出来，这可太费劲了，我又不是大力参孙。哈瓦那色的乔屋在家中亮丽了一个星期，色彩太强烈，太鲜艳了。和其他的家具并不协调，于是用砂纸把哈瓦那色全部磨掉，手皮都磨蚀了好些。

到英国旅行时参观过乔治亚房子，是什么颜色呢，找出一本那些房子的图片册，哦，淡黄色。再去找资料，专家指导说，可髹赭色（ochre），这ochre其实也有很多种，就像白色，据说有一百多种。文具店里只有一种赭色，是秋赭（autumn ochre），看看也不错。颜色这东西脾性很古怪，看见的和调出来的会有出入。我只加水调，把它弄得淡淡的，而这样，就得髹两三次了。事实上，湿的和干的呈现不同色泽。于是髹了就等，干了再决定髹不髹。房子有窗框和墙边饰，所以得小心髹，幸而水质颜料，可以抹掉。如果要仔细做，本该用胶纸把窗框先封起来，髹歪了线也不必后悔。我没有，小心翼翼倒没出错。也许我用的是毛笔，容易髹。毛笔真好，又柔软又尖细，漆扫或画笔恐怕会硬而劲。我用毛笔，因为家中有现成的，而且是水颜料，不是油质，就当墨汁办。髹完在水龙头底下冲洗，立刻又清洁了。一面上色一面佩服画家，那么多的颜色，什么配什么，什么补什么，都是从经验中得来，那是长时期努力的成果。水彩画家更加不得了，油画可以改，不断重叠添加，水彩可不行，像我们的书法和国画，一笔下去，就不能改了。髹乔屋有点像画水彩，不宜盖色，要平均涂，最好长长的一笔，不要中断，减少接驳的痕迹。房子不是家具，颜料不妨涂厚些，但我还是涂薄薄的二层，保留木纹。

窗框选了沙色（sand dune），墙边饰和门的内壁也一样。这颜色和原木相似，髹了好像没髹。一位朋友说过，最好的化妆就是化了一通，看上去却像没有化过，大概就是这样。屋顶我用冷灰（cool grey），这颜色的确是冷冷的，不太深不太浅，近似法兰绒，带一点橄榄绿的调子。烟囱仍然是淡黄色，烟囱座是沙色。大门呢，可以是墨绿、黑色或白色，前二色我觉得太深。我选了白，效果是太亮了。这证明了我对白色几近白痴。一般的所谓“白”，都是光亮的。书本指示说用乔治亚白，或约克石色，都比较淡浅。据说，如今好的店中已出现这些“历史”的颜色。我没有找到，只见到一种锌白（zinc white），又有一种破白（broken white），不知怎样，结果大门就髹了沙色。屋顶本来该糊砖纹纸，但我找不到，拿了水笔和尺动手画，歪歪斜斜一格长一格短，我对乔先生说，手工艺就该是不完美的，人又不是机器。

—对么，乔先生，人可不是机器。

—对，我们通常不会质疑设计者。只是，如果你再认真一点，我们会更加感激。

—是的是的，我还在学习，我们一直在彼此学习。

过了几天，我替乔屋上蜡，鞋油不够；在北欧家具店见到染木的颜料，又有蜂蜡。这店以白木家具著名，让年轻人自己去染色。店内挂出一系列范本，红的、蓝的、绿的，但木料不好，木纹不美，只见很难看的木盒子，不知如何吸引顾客，我选了蜂蜡，它是无色的。替乔屋上了一层蜂蜡，没想到蜡有一股气味，整个星期还没散尽，我刚挂上一幅土耳其地毯，连忙取下，不然，地毯会吸收蜡味，真是水洗也洗不清了。

10

乔屋内部共八个房间，我仍选了沙色，使室内显得光亮。其实，内部要髹的主要是天花，因为墙壁要糊墙纸，地板要铺砖或木板。十八世纪乔治亚房子的天花，可以很华丽，把墙面的装饰延伸上去，布满浮雕；但也可以简单秀美，单单在天花中心做一个圆花饰。我选用后者。这圆花饰可以剪杂志的图片，可以剪下垫蛋糕的花纸（doily paper），我翻出多年搜集的中国刺绣，当时只为绣得好看买下，并没有打算用途。记得幼年时，母亲有一张梳妆台，三面是屏式镜子，镜前的凹式台面铺了玻璃，玻璃下压着圆圆的绣花垫子，还是补贴花。也许，这是我后来见到绣花圆垫就喜欢的缘故。我有十多幅不同图案、不同类别的圆垫，把素色的糊在客厅、书房和餐厅的天花上，把两幅彩色金线绣的花鸟糊在沙龙和主卧室，效果居然很不错，也配合各个房间的格调。厨房当然不用装饰，阁楼也不用贴，因为天花就是斜屋顶。

乔治亚房子的室内墙饰可以分为三个时期：初期是传统的壁板式（panelling），是在墙上用木板分割成若干幅，中空，加边框，中空的部分挂家人画像，或者用花叶图案。第二期，不用壁板，而用油漆，墙上挂画或图片。富裕家庭用织锦或丝绸铺满墙壁，仿佛很阔的窗帏；窗子反而没有华丽的装饰。第三期，墙纸盛行，家家户户糊墙纸，条纹较普遍。但是，中国花鸟山水之类也颇受欢迎，满室花鸟庭台，流水小桥，一种异域情调。

十八世纪中国风墙纸是怎样的？当我北上苏格兰，途中参观沃尔特·司各特（Walter Scott, 1771—1832）的故居时，遇上了。司各特是爵士作家，他住的是乡间大房子，在一大片田野之间，耸立着一座灰白的古堡式建筑，既有塔楼，又有碉堡，屋顶正面呈叠落梯阶形，平台上竖起一排排烟囱。这样的大屋子，当然有许多房间，有很大的书房，上万册藏书，还有武器室，墙壁挂满各种类型的刀枪，大堂又有盔甲站岗，难怪他会写出《劫后英雄传》等历史浪漫小说，但我想起的其实是卡尔维诺的《不存在的骑士》。这位爵士作家的故居，如今我记得的只有两件事物：其一是花园中有两头孔雀在散步，也不怕人；园畔置茶座，两三小孩围着孔雀逗乐。其中一只，扇开了彩屏，很自满地摇头摆脑，它像骑士，不过是中国戏曲里的将军，手拿马鞭，背后插满彩旗。

其二是客厅中的墙纸，这是很典型的十八世纪客厅，墙顶是一行装饰线，墙脚是木板的墙脚线，由于没有椅背线，墙面没有分割。整幅墙面完整地糊上了大幅的墙纸，明亮色的湖水绿。图案重复，看来是五幅，正中一幅刚好和壁炉同样宽，最侧的两幅，因为墙上做了壁橱放瓷器，把若干墙体遮掩了。只有壁炉两侧的墙纸可以见到图画的全貌。墙纸画满了绽放的花树，树基占三分之一，其余三分之二都是花朵和叶子，以及细细的枝干，花叶间停着不同颜色和品种的鸟。树下是凉亭，假山，乡野，以及人物。人物全作中国当时清朝的服饰打扮，男子穿长袍，背后垂发辫；妇女背着小孩。还有和尚。

人物景物都画得很仔细，我也看得很仔细。例如其中一景是二人坐在树下，男子戴瓜皮帽，圆领右襟蓝色长袍，裤子咖啡色，一双红布鞋，手持纸折扇，扇上有书法，短短长长。帽上有红缨，前额正中镶玉石。女子穿粉红长袍，外罩宝蓝背心，衣脚、袖口、领口都滚深色饰边，梳的发式是垂马髻，以珠饰和花簪装饰；手持宫扇，绢面；画上几朵花，另有题字。二人均坐瓷墩上，旁边是一张树根制成的高几，上面放一瓶兰花，瓶是白玉浮雕，旁为一个三脚鼎，里面不知是什么。另一个是果盘，盛有桃子、石榴和佛手果。还有一个小盂。草地上，大的是丛生的白花，小的是一串红花，仿似风铃。二人悠闲地看着面前两只兔子，红眼睛，一白一棕。高几就在树边，由云石栏杆相隔，树的另一边有一座凉棚，茅草铺顶，露出树木的楖痕。四周很多植物，有竹，聚如绣球的白花，和一树累累的不知名红色果实，大如南瓜。这“墙纸”，细节如此详尽，更珍贵的竟是出自人手绘画，而非印刷品，可见十八世纪室内装饰的豪华。这么漂亮的墙纸是司各特的堂兄弟所赠，确是不平凡的礼物。

客厅的布置是乔治亚式的，壁炉前孤零零地摆了一张圆桌，几把椅子都靠墙。没有杂物，近门有一座竖琴。

11

—你的卧室和客厅，不用墙纸，用中国织锦铺，好不好？

—当然好，可是，有没有适当的织锦？

—找到了。你看，这幅淡灰色的。

—绣的都是翠竹。

—最适合睡房，色彩柔和自然，好像在竹林里睡觉，有一种田园的感觉。

—这一幅呢？绣的是桃红色的花树。

—是腊梅。适合铺在沙龙里，让大家好像坐在花园里。

—织锦上有字，我可看不懂。

—都是些期求顺遂、幸福的话。

—看来挺珍贵的，非常漂亮。

—织锦上的刺绣都不算密不透风，铺在墙上会留些空隙，你喜欢挂些画吗？

—沙龙里的画不要太严肃喔，又不是客厅和饭厅。

—我想好了。挂维美尔的作品，《珍珠耳环》或者《倾注牛奶》。《弹吉他的女子》也不错。你知道维美尔吗?

—不知道。

—他是荷兰画家,作品不太多,也没有什么流入英国,你会喜欢的。

—谢谢。睡房里就不用费神了。

—挂剪影好不好?

—妙极了,我自己学过剪影,可以用圆框镶起来。

—还有,乔太太,你抬头看看。

—啊。

—织绣的天花。

—中国刺绣的天花配中国织绣的墙饰。你怎么会想到的?

—因为我是中国人嘛。

—我们都喜欢中国,中国的瓷器、中国的花园、中国的丝绸……啊,有一件事忽然想起来,如果你能够装满我这里的盒子就太好了。

—真漂亮精致的盒子,拼木的,还有小锁哩,我知道了,这是茶叶盒子。

—我们也爱喝中国茶,尤其是乔先生。

—好啊,你要什么茶呢?是红茶、绿茶?乌龙、龙井、普洱、碧螺春？

12

平常不注意礼物包装纸，到店铺去找，才发现条纹纸甚少，即使有也是大红大绿，金碧辉煌；花朵图案的纸也不好看，最多的是卡通漫画动物，以小孩为对象。墙纸店的纸都是大花大叶，乏善可陈。只买了一幅浅孔雀蓝的云纹纸，糊在阁楼的房间。沙龙和主卧室找不到墙纸，灵机一触，何不糊织锦呢？中国织锦花式又多又漂亮。跑了几家国货公司，遇上这么一幅：湖水绿带灰色底子，织出两行不同的植物，一行是梅花，一行是竹子。正合用哩，我把粉红的腊梅糊给沙龙，把翠竹糊给主卧室，这两处都是女子的天地，柔和顺适。织锦上原来还织了字，翠竹旁是“如意吉祥”，梅花边是“大富贵寿考”。房间忽然活泼明亮起来。厨房不用糊花墙纸，依照十八世纪，厨房会髹蓝色，据说可以防蝇。我试试用蓝色，结果太暗了，真正的房子用这个色也显得幽暗，何况是微型房子？乔治亚房子最爱用绿豆沙色，我也放弃了，厨房糊上米黄的凸纹皱纸。也许，到了圣诞节，巧克力店铺会有些好看的条纹纸，到时去碰碰运气，可以变换装置，更新设计。

地板的设计，也不妨复杂些，例如铺木板，砌图案。木该是长条子，比较阔，砌图案可以用织篮纹、鱼骨纹、方格纹，这些，我暂时保留，待以后找到材料再慢慢铺设，买到一幅木纹纸，就铺在地面及以上的共六个房间。至于地库，用白底灰晕的云石纹纸。这些纸，都有自动粘贴的胶底，剪下来，撕去底纸，铺上就行。十八世纪的房子，地库一般都铺方石（flag stone）。地板上不铺地毯，只需擦得干干净净，早上洒一层石灰，晚上扫掉，所以地面显得灰蒙蒙的。当时模仿意大利成风，喜欢在地上用云石砌图案，但大多数只砌黑白相间的石块，或者在白石的角上砌菱形小块黑石。我用这形式砌了两幅，位于大门的入口楼梯前，这地方，如果是大房子，应该是厅堂（hall），小房子就只能是楼梯口了。乔屋的楼梯是活动的，可以取下或装上，不装的话，房间宽阔多了，装上就占去很多空间，虽然是狗腿式楼梯。我把它髹成哈瓦那色，试过深褐色，觉得太沉，改了。本来，楼梯可以铺墨绿丝绒面贴纸，梯间加铜条压地毯，当然用的是竹签，髹上金色。但十八世纪根本不在梯上铺地毯。

—汤姆少爷，您怎么老看着天花板?

—奇怪，我看见屋顶打开了。

—屋顶打开了?

—是呀，屋顶像个盒盖，给揭起来了。

—真是难以想象啊，汤姆少爷。

—老爷和夫人有没有看见呢？

—没有，他们的卧室在二楼，看不见屋顶。你有没有看见，玛丽安，你的睡房也在阁楼。

—我睡得很熟。

—睡得像肥猪，哈哈。

—汤姆少爷，我多么希望像肥猪。我清早六时就要起床下厨房生火烧水，准备你们的洗脸水，一直忙到深夜一时才能睡。别说屋顶打开了，就算屋子塌下来，我也不会醒哩。屋顶打开？汤姆少爷，您一定是做梦了。

—怎么会是梦，我还起床看呢。

—那您看见星星、月亮没有？

—没有，外面一片白色，不像天空，而且也不是很远很远。

—现在呢？

—我看倦了，才合上眼，屋顶忽然又落下来了。

—那还不是做梦么，汤姆少爷，真正疲倦的人是没有梦的。

—玛丽安……

—汤姆少爷。

—多么希望有一天我能够走出去，看看外面的世界。

## 13

内墙的装修是件大工程，不是说糊一幅墙纸就可以完工，因为还有许多工作，例如敷设天花线、椅背线和墙脚线。除了椅背线，如今，不少家庭也装上天花线和墙脚线。我家中原来也有墙脚线，这样，拖地时就不至于沾污墙体。三种线的宽窄度和花式都不同，天花线多花式（斜出横向），墙脚线比较阔（垂直），椅背线平实稍窄。

以前逛砵兰街会看瓷砖和窗花纸，搬家时和弟妹们一起选墙砖和地砖，这种砖真多花式，意大利砖和西班牙砖都烧得好，我替塑胶房子铺地时，也用过小格子砖块，效果不错，只是砖头太重，不如云纹纸轻巧，那时留下白格子砖，正好在乔屋楼梯口砌黑白图形。

砵兰街最多瓷砖店、墙纸店，近太子道一端，一连七八家木料店，啊，真是琳琅满目，各样各式的门，还有做出木棂的隔屏。这些也不稀奇，奇的是天花线，竟有五十种以上，粗纹幼纹、意大利式、希腊式，书本上说的什么齿饰、箭与蛋式、滴水式，都有，原来如今天花线又再流行，不然怎会有这么多款式？而且，这种中产阶级的室内装饰，一般家庭并不采用。那么，是那些新建的什么苑，什么华庭，什么山庄，什么花园用上了。但这一阵地产业不是不景气么？这么有趣的天花线，我应该也去看看那些示范单位。地产兴旺时，看新屋的示范单位，是许多人的休闲节目。

我选了一条简单的天花线，回家试试。只买一条，店铺居然服务周到，柜台的小姐收下八块钱，吩咐伙计上楼去取。不消一会儿，一支八呎长的天花线出现了，伙计很和蔼，问我怎么办，我说，随便锯开三截吧。电锯呜呜响两下，三段天花线锯成了，伙计用胶布条封好，还用胶袋盛载。天花线不粗，我在家用细齿锯切割，的确是体力劳动。第二天，我又去另买了三条更细的，做椅背线。墙脚线应该阔些，但没有适合模型房子的，我就用天花线了。

一个房间需要起码六段线，如果做椅背线要加多三条，这三条，也许还得分锯为二三段。我整天在家中扮演木匠，头身沾满了木屑，幸而没有引起皮肤敏感症。木段锯好，用砂纸磨平，髹上白色，不是光亮的白。因为找不到乔治亚白，书上说是淡色的（off white），我只好自己调了，在白颜料中加点冷灰，不太显眼就好。在桌面一共排了六十多条细木，我觉得天花线本身很漂亮，迟些用这种条木可以做窗框、画框，或者小小一截，糊在墙上，上面搁一个蓝白花瓶，那就是法国宫廷和大宅中的中国厅，满墙都是托座，放满了花瓶。说不定迟些我又会布置一个盒子房间（room box），就是青瓷厅。说起小蓝白花瓶，中国多的是，即使二三元一个，都非常好看，逛一阵国货公司工艺廊，不但买到小花瓶还有小茶具，青花、景泰蓝、斗彩的都有，英、美的微型屋迷一定羡慕死了。舍下乔屋，别的不敢夸口，蓝白花瓶、茶具、织锦都极漂亮。国货公司还有微型家具，迟些我就摆一套厅堂出来，在自己家中布置古典花园和楼台。可惜没有大屋顶微型房子。

## 14

室内装修，对我来说，最难的是装这些天花线、椅背线和墙脚线，因为一个玩具房间有三个面，呈凹形，墙与墙的接合处是曲尺形，而模件却是直条子，直条子锯出来是直角九十度，而接驳的角度，只能是四十五度斜角。我不是木匠，没有学过木工，做起来才知困难。以为自己的眼睛很可靠，看看是四十五度吧，锯了两条木段，一拼，不对卯。建筑和绘画完全不同。绘画，除非是中国绘画屋宇楼房的界画，除非是蒙特里安，一般都不用尺，一笔一画都要自然，歪一点，斜一点，反而更有人气。建筑呢，恰是要非常准确的尺度，差之毫厘，谬之千里。不计算精细，房子会塌下来。书本说，得购置一个切割规（mitre），也不知哪里有这样的东西。书本又说，可以用别的方法，我不想花钱，就用别的方法。画一个正方形，画一条对角线。这线就是四十五度角。把木条按在延长的图线上画上记号，再切割。果然可以把木段拼合起来。最要命的还是墙上有凹凸的柱位，这时，就得多做几段线，偏偏那线段极短，似乎整段线只容得下两端的接口。花了不少工夫，把一大批模件线段糊入房间，铺织锦的墙面还好，用胶浆就粘牢了。铺墙纸的墙面却抗拒了；用白胶浆不行，用双面胶纸不行。看看粘牢了，却不是。夜里忽然听见“格达”一声，乔太太说，呵哈，怎么搞的，伦敦桥塌下了吗？有时候是椅背线，连掉无可掉的墙脚线也可以歪倒下来。我不想用强力万能胶，这种胶麻烦，粘在手上脸上不是玩的，而且粘上了牢牢不破，要拉下来就难了。也许将来我要换墙纸呢。仍用白胶浆，加双面纸试几次终于胶住了，房间加了装饰线果然整齐起来，也好看了。

乔屋由正面打开，左右各一扇板，这两扇板上有五个窗和一扇大门。窗子会装帘子，厨房不用窗帘以免火警。各窗只有简单的框架和中心的木棂，没有玻璃。朋友替我找到三张胶片，一本练习簿大小，裁下来做了窗玻璃，看看显得颇有规范的样子。厨房不用窗帘，就做一个内窗框，用的是剩下来的天花线模件。窗框看看容易，不过是做相架而已，其实很考手艺，因为有四个角，得锯八个四十五度角的斜面，这次我真是变了三脚凳专家了。怎么呢，啊，三脚凳就是做来做去凳子站不稳，锯短了这脚不行，锯短了另一脚又不行。我的窗框有四边，拼来拼去，框子是歪的，合不成四方形。做了半天还是马马虎虎，粘在墙上，还有一边缺了条缝。厨房在地库，不惹注意就算了。这窗框我改了七八次，就因为我不舍得花钱买切割器。

剩下的木段，我用来做窗楣上的窗帘罩（pelmet）。十八世纪中期，窗帘不通行，窗上只挂一幅布，用以遮挡阳光，保护家具。我因此也不做两边中分的垂幕布帘，而做卷帘。卷帘易做，一块布，绕在横木上卷两圈，垂下一幅，下端缝一颗珠子或流苏，横木两端各粘一颗珠子，然后一起糊在窗上端的墙上。由于珠子和横木的凹凸位不齐平，糊得珠子糊不得横木，整个窗帘又“格达”掉下来，我在乔太太呵哈之前，立即直接把帘布糊上墙，放弃了珠子和横木，再外加一截木条，仿若木罩，效果也算不错。虽有卷帘，窗底下却是空荡荡的。我到木料店买了条较粗的天花线。因为粗，不易锯，请店家锯，他们说，锯一刀一块钱。请他们锯了六件。回家染好色，做了窗台，可以让花猫在窗台上睡觉、晒太阳了。

—太太，马车准备好了，可以起程了。

—玛丽安，大花、小花都上了马车吗？

—都上了。

—还有没有吐出舌头来？真难为它们了，油漆味它们是受不了的。

—家中装修，太太，您也睡不好呀，灰尘又多。

—是呀，半夜三更又会蓬隆一声，仿佛天塌下来。

—还是出外游玩一两星期，等装修妥当才回来。

—它们在车上乖不乖？小家伙，最怕出远门哩。

—大花不停喵喵叫，小花一声不响。

—可怜要挨些车程呢，幸而只是到碧琪家去，又不远，先送它们去暂住。

—太太，您这次带这两箱衣服够不够？要参加舞会，又要去看戏。

—玛丽安，这次我们不去乡下妈妈家，而是到伦敦表姐家。伦敦最多漂亮东西，我正想买一些舞衣和鞋子。

—丽莎，可以下楼了吗？早点起程，早点到客栈，晚上路不好走。

——来啦，来啦。

## 15

天花、地板和墙壁都装修好了，可以摆放家具了。我先在地板上（木纹纸上）铺上地毯。旅行的时候，在土耳其买了一些小地毯，像贺卡大小，附有信封，可当致意卡。小地毯也分大小，大的五吋[1]乘三吋，小的三吋乘二吋，和大地毯比较是一比十二，一吋比一呎[2]。大地毯一般是五呎乘三呎，三呎乘二呎。寄过几幅小地毯给朋友，感谢他们寄书给我。其他的一直藏着，偶然把一两幅压在相架框里，也没特别的用处。闲时看看，这就是用处了。不过，小地毯现在可以大派用场了，正适合铺在玩具屋的地板上。我给每个房间铺一幅，主客厅还铺了一大一小两幅，连一楼的楼梯口也铺上了。只有厨房不适用。这么多东方地毯，乔家真富有哦。地毯的确漂亮，是丝织品，图案有中心一个大钻饰的，也有整幅生命树的，边沿的流苏则是米白色，每一条细如发丝。既有地毯，就需要拍打灰尘的掸子。我用细铁丝绕了一个，做完穿梭的编织纹，髹上浅木色，模仿藤

1 吋：英寸，1吋约等于2.54厘米。

2 呎：英尺，1呎约等于30.48厘米。1呎等于12吋。

条的效果。做法是照书本指示，依样葫芦。玩具屋吸引我，除了布置厅、房，装修墙面，就是制造各式各样家庭日用品，例如蜡烛、餐具、食物、游戏的棋子、纸牌、砌图模型，以至各个朝代的家具。原来一切都可以动手做，不必花钱买，当然自己做没有职业水准，难度极高的则买一二件，像十八世纪的秘书桌，书桌和书橱上下拼合，抽屉很多，彩绘，又镶珠贝，体型又小，要我做，我宁愿剪一个图片贴在墙上算了。

不过我暂时还不必动手做家具。一般的卧室家具已经买了一些。房间不大，家具很占空间，办法只有一个：精简。卧室唯一的墙面挂了一幅剪影，这是十八世纪英国人最喜欢的玩意，少女必学：让年轻男友坐在隔着玻璃的灯光下，替他剪影，以增进感情。乔家挂的剪影是简·奥斯丁，不必计较是否出现得早了些，糊在圆框中。另外一件挂墙物是一幅窄长的带子，绣了一棵植物，带子下端附流苏，购自伦敦南岸花园博物馆，每一幅都呈现不同的植物。这绣带挂在墙上是什么意思呢？它代表传呼铃，只要主人拉拉带子牵动的铃，楼下厨房就会响起来。厨房门口的上楣有一幅横板，上面一字儿排开十二三个铃，铃下写着楼上房间的名称，餐厅、客厅、主卧室、书房等等，哪一个铃响，就是哪一个房间传呼，真亏设计的人想得出来。

乔屋的房间本来应该每一个大小相同，可是设计特殊，其中右边的房间比左边稍阔。这是由于楼梯的装置形成的，楼梯在楼层中间，房间在两侧，理应一般大小，可是这楼梯，靠左的一边有墙，靠右的一边却悬空。这的确使我为难。右边房间的人和家具都会在梯边的空隙掉下楼去。本来，我应该在梯边加一道墙，但这是大工程，而且我感到右边的房间宽阔了，比较开朗。因此，我只加了一道矮栏杆（没有动手做，是从别的塑胶房子中挪移过来，长度刚好适合）。

沙龙比主卧室宽阔，同在一层楼的两边。这房间除了壁炉外，只放了两张单人座椅和两个小桌子。这时候还没有沙发和茶几，小桌子当作茶几用。一张放在曲尺形座椅的角落，摆放茶壶、水壶、牛奶壶、糖壶和茶叶罐。另一小桌放在椅前面，只放两个茶杯，附茶杯碟子。女主人和女朋友正坐在沙龙里喝下午茶，气氛很不错，两个人都笑容满面。沙龙里面有一架三角大钢琴，体积那么大，所以，房间里再也放不进别的家具了。她们正在讨论罗伯特·布恩斯一首叫《顿肯·格雷》的诗作，不停发出笑声，还是不要打扰她们，我们到别的房间去走走吧。

## 16

瑞士的巴塞尔娃娃屋博物馆（Puppenhausmuseum Basel）

据说是全欧洲最大的娃娃屋博物馆，房子四层高，都是贴墙的饰橱，房间中央也是长廊式的玻璃柜。馆内藏品分三类：熊、娃娃、娃娃屋。熊真是多极了，满坑满谷，无处不在，除了小部分依年代排列展出，其他的就混在娃娃和娃娃屋之间，成为布景，甚至成为喧宾，根本认不出谁是谁，什么年代、国籍。每件展品其实都编了号码，得查档案才知来历。给我的感觉是，十分混乱。当然，这种布置，可能是让三种展品按主题打成一片，例如主题是海船景色，就把水手打扮的熊和娃娃凑集在一起，医疗系列则把护士娃娃和医生熊放在病榻、医疗器皿、水瓶四周。但熊实在太多，也不见得安于本分。这些熊，都很古典，大多来自名厂制造。要参观一九八〇年后冒现的艺术家熊，那些人手创造、每只都独一无二、不宜儿童的熊，只能到各国的熊展去了。

博物馆的名字以娃娃屋命名，这里的娃娃屋真是多彩多姿，大屋子较少，娃娃住宅也不多，和德国、荷兰的大不相同，因为多的是房间盒子，在一个个长方形的木盒里营造各行各业的工艺。无论做鞋、印刷、制烛、冶陶、木工、打铁、吹玻璃、车厂，每种专业都做得一丝不苟，精确细致，工序都仔细详尽。盒子内灯火通明，有的还会移动，不愧最大的娃娃屋展馆。

是怎么开始的呢？在欧洲，许多城市都有玩具市集。一位名叫琪琪·奥莉的姑娘，最爱逛市集，逐渐迷上了微型屋子。在家中又锯木又油漆，做了一个微型市集出来。加上搜集呀，制造呀，结果把自己的屋子都挤满了。终于想到该办个公开的展馆。一九九〇年，巴塞尔Steinenvorstadt大街一号出售，她和丈夫组成基金会，找来朋友和专家合作筹办。博物馆在八年后的春天开幕。

17

我订了两份娃娃屋月刊，一份是《娃娃屋的世界》，一份是《娃娃屋杂志》。前者不到一个月就寄来了，很意外。一般订书，一个月后收到；杂志第一期得两个月。在电脑上查到的杂志，说是订一年将送一幅小地毯，看样子是土耳其的旅游产品。月刊先到，再过两个星期，小地毯也收到了，果然和我已有的一模一样，但花式不同，通体玫瑰红，中间一个图案，很漂亮。如今，我的乔治亚房子，连厨房也可以铺上土耳其地毯了。月刊上广告甚多，这是刊物的经费主要来源，一般读者未必留意，我却很喜欢看广告，也是为了想看广告，以便订工具和材料。台湾出品的手砌家具模型英国也有出售，价格比香港贵了一倍，约十镑一盒。专家设计的家具极贵，例如一个十九世纪末的煮食炉，能够启动和生火，售价近三百镑。玩偶一般则七八十镑一个。难怪杂志里有好几篇文章都教读者如何自制家具和人物。

打开最新一期的《娃娃屋杂志》，因为农历新年吧，期刊上竟有一个中国新年摆设的小辑，圆桌子、方椅子、雕花屏风都做得不错，桌上还摆了年糕和礼盒。可玩偶却是西方的，还由作者教人做旗袍，竟是西方的连身裙式旗袍，看看就好笑。英国人到如今还不认识中国的衣饰文化。看看文字，知道景物是香港人设计布置，附有地址，那是一家商店。

香港也有玩具屋专门店，使我非常诧异，非去看看不可。果然，店铺在弥敦道一个商场里，店面相当宽阔，摆了许多微型房子、家具等，大喜，连忙进去浏览。店主是一女子，和另外一名顾客坐着聊天、观看袖珍的物件。原来店主手工极好，店中许多东西都是亲手做的，像旅行箱、手袋、鞋子，那么小的布艺，非常精致，令我佩服不已。店里气氛很好，不只是选购商品，还可以交流经验，大家都喜欢微型物件，很快就熟络了。店里的货物除了店主的制成品，还有英国的房子、家具，美国的模型砌盒，德国的瓷器小摆设。另外还有墙纸、房子构件。店中最特别的是有中国家具、乡村房子，都由专人制造，还用上好的红木。我竟在店中逗留了两个小时，选了自砌的模型和一些乔治亚时期的家具。

在店内逗留很久，因为遇上一位奇女子。我只是玩具屋的爱好者，她则是收藏家。爱好，在十七、十八世纪的欧洲，非达官贵人不可，如今则丰俭随意，不一定要太花费；但收藏，必须经济条件才行。这位收藏家，我姑且叫露以思，从小就爱做小衣服，喜欢洋娃娃，多年不断搜集，家中已有一个专门摆放藏品的大房间，房间的三边，从地面到天花都做了专柜，底层有门，上层是玻璃，内侧镶镜，可以反照藏品的背部。她主要收藏各种洋娃娃、衣服鞋袜、帽子。她说，她已经不搜集房子了，因为房子的室内空间有限，不如一个大抽屉，可以放上几千几百的小玩具。另一个她不再喜欢玩具屋，是觉得陈陈相因，人物模样也相似。

她还搜集主题的场景，例如理发店，包括整个店子的设备、人物，女子坐在椅上烫发，采旧式的烫法，一条条电线缠着发卷，真的可以通电发光。又例如，医院的育婴房，婴儿都睡在小床上，护士在旁照顾，有一个婴儿睡在灯箱里，灯箱也能发光，而且可以打开门，把婴儿抱出来。问她怎么设计？她说都是请专人设计制作。起先她只知微型玩具的王国是荷、英、美、德，原来西班牙的出品也很精彩，她从网上获悉，再订购回来。我说那必定很昂贵；她说是的，理发店、婴儿室，都独一无二，每个数万港元。不用动手，整个买回来，这正是收藏家的本色。

好比收集古董的雅士，他会自己做一个青铜器么？这些收藏家，让艺术有了出路，艺术家得展所长；不少博物馆也是从私人藏馆发展起来的。

露以思的下一个收购项目是电影院和芭蕾舞学校，将来会把照片放在店铺中让我参观。她到处旅行，买微型物件。她说，啊，你可以去台湾，那里有一座袖珍博物馆，有许多房子可看，不必跑到欧洲去。

## 18

两份娃娃屋月刊，我看得很仔细，总是从封面看到封底，获悉资讯：哪里有展销会，有哪些新出品，以及制造的技巧，怎样建房子、装修、布置、制作人偶、缝衣、设计花园、做家具，等等。月刊每一期都会介绍新作品，又有专栏，由专家解答做房子的各种难题。其中一个意见栏，我特别喜欢，因为讨论的常常是富争议的论题。

其一：娃娃屋中是否该有人物。一派说，不需要，单是布置就够了；屋子小，加了人物，不是更挤逼？而且，大多数的娃娃，面目呆滞，体态僵硬，不单没有为屋子带来生气，反而适得其反。另一派说，没有人物的屋子怎么可以当是家，这就不完整，有了，变得生活化，有人气，而且女子的衣服可以很美丽。

其二：是否要忠于时代风尚。一派认为，必须反映原本的生活面貌。十九世纪总不能有吸尘机；所以有些屋迷批评别人的作品，非常严格挑剔，这里那里找出错误的地方。另一派则认为，娃娃屋本来就是游戏，灵活变通，岂不更好，屋主有全权布置的自由，喜欢怎样就怎样。譬如说，如果有人喜欢在客厅里放一个大浴缸，任何人都没权说三道四。一次，有人甚至举证，说这是后现代的引用。

其三：黑人的问题。十八世纪，贵族或乡绅常常买小黑奴，当宫廷中的侏儒，用作娱宾，让他们打扮华丽，主人喝茶聊天，他们就挽水侍候，长大后或成为马车夫，或者索性被抛弃。一派认为，屋中可以有小黑奴，因为写实，就像电影，不是同样出现印第安人被屠杀的场面？另一派说，既然明知道不应再有奴隶制度，为什么还要有小黑奴呢？即使写实，要摆放桌子还是椅子，还是要有所选择。

其四：为什么娃娃屋总是漂亮的房子、精致的家具，总是幸福的家庭，难道对贫民、矿工、饥荒、战争、人类的苦难视而不见？有人回答说，你欢喜，很好，你就自己做吧，又或者，你根本就不应该玩娃娃屋，不如去行侠仗义。

—我看见许多东西。真奇怪，这么小小的四方盒子，里面却有许多东西。

—汤姆少爷，你怎么不去做功课呀，学校的作业都做好了么？

—盒子里那么多可怕的东西。将来的世界真是多灾多难。整座大厦倒下来了。有一个地方海水冲上岸，淹没了乡村。

—做功课……汤姆少爷……

—有一个地方的小孩子很瘦，只有皮包骨头。很好看的冰山碎裂，掉进水里。大白熊生活得越来越困难了。我可不要活在这样的世界。玛丽安，你有听我说么？你怎么睡着了？

## 19

原来这里有一家玩具屋店啊，我进门就说，怎么没有做广告呢？我是看了英国的杂志才知道。当时店主和露以思坐在桌前讨论一只手提箱，那是店主的作品，她的手艺这么精湛，不开一家玩具屋店就浪费了。可店主马上生气了，她说收到那本杂志一看，原来都不是她本来的设计，一整套厅堂的布景，杂志编辑只采用了屏风、圆桌和糕饼，以及一些挥春。那个女人偶不是她做的，衣服也不是，所以才有西式衣裳当旗袍的情形。给他们一瓶剑兰，他们自以为是换了一瓶黄菊，真是大英国主义，从来不好好了解别的民族，还配做玩具屋的编辑吗？露以思安慰她说，还是有好处的，不是因为刊出地址，才有玩具屋迷找上门来么？网站上不是有外国人说喜欢中国的家具，尤其是那座架子床，比他们的四柱床漂亮多了？露以思的藏品也在杂志上披露，访问记录并没有歪曲她的意思。

结识了新朋友，有说不完的共同话题。我在店中又找到铺地的灰石图案纸和黑白格的纸，早一阵，我是到砵兰街买真的石皮纸砌地板，而灰石地还一直没有动手。这次可好了，省了不少功夫。迟些要买的东西可多了，像灯盏，会发光的，要有光，就有光了。

○ 你还记得那幢乔治亚房子吗？

○ 是伦敦吧，还能在哪里呢。

○ 不太难找，是伦敦当年漂亮的住宅区。

○ 现在也很漂亮，附近是公园。

○ 位于夏洛蒂广场北面。是罗拔·亚当的设计。

○ 这个罗拔·亚当中了古典希腊的毒，把房子的内部设计得像神庙似的，太严肃了，虽然很有气派，但不够亲切，住宅和公共建设应该有分别。

○ 他的设计太精致了，满墙满天花板都是浮雕，好像在设计宫殿，要和法国的凡尔赛宫比赛。

○ 英国的豪宅当然比不上法国宫殿的规模，但那室内的华丽并不逊色，古典和巴洛克的一次竞赛，我看是打和。

○ 罗拔·亚当为什么要建那样的房子?

○ 当然因为一来英国的贵族和乡绅富裕了，二来因为他到外国去游历回来，大旅行使英国的知识分子对废墟充满朝圣的心情，也把那里的文化带回国。

○ 不论是法国、英国、奥地利，上流社会的一切都太奢华了，尤其是建筑上的装饰，难怪洛斯说：装饰就是罪恶。

○ 物极必反。不过，罗拔·亚当极端的设计也只限于乡郡的大房子（mansion），而且是大业主的炫耀，城镇中的房屋要朴实许多。

○ 单门独户的物业大多华丽，夏洛蒂广场的房子是相连的一系列建筑，成为整齐、和谐的立面，伸展在一条街上。

○ 我记得那列屋子约三层高，街面底下有地库，街的内侧却是铁栏杆，正门外有些石级。

○ 这大门口我记得，因为我们离开的时候，两位穿上十八世纪服饰的女子向我微笑挥手，我在对街替她们拍了一张照。

○ 罗拔·亚当设计的这条街上的建筑还是不错的，因为比较朴素，一列建筑正中一栋的二楼建了八支科林斯柱，四支的顶上盖了三角楣。只有这一栋房子有露台和天台上的瓶子栏杆，其他的房子简洁明亮，不那么花饰。

○ 我喜欢其他的房子，它们有乔治亚房子的端庄和明净。

○ 我最喜欢斜屋顶上的烟囱。

○ 两排烟囱的中间就是一栋住宅。当时没有分层的单位，一家人住一栋楼房，所以都是富裕人的住房。

○ 不过，我们见到的这列房子似乎比原来的逊色，因为底层的窗子都经过更改，本应窄长，升降窗式，都扩大了，还加上了透光扇窗。这是维多利亚人的口味。

○ 窗子和门倒呼应，都有扇窗盖顶。

○ 多了就繁杂了。还有阁楼的窗子也改了，乔治亚房子神采之处就在阁楼的凸窗，好像奇异多疑爱好探索的眼睛。

○ 你记得是什么颜色么?

○ 好像米黄的墙，屋顶肯定是灰色。

○ 大门呢?

○ 不记得? 黑的吧，要不然，就是褐色。

○ 应该是墨绿或白。六格板很严格。屋内呢?

○ 一点印象也没有了。不外是桌子啦，椅子啦，床啦。

○ 我也是，真糟透了。怎么都忘了呢。当时我还没有注意十八世纪的建筑，也不知道乔治亚房子，只是因为它开放，就去看了。不曾仔细观察，多可惜。

○ 不要紧，下次到英国旅行，还可以去看。

○ 是的，上次我们的确漏了许多东西，像在巴思(Bath)。

○ 跟旅行团就有这点麻烦，不能参观自己想看的东西。

○ 导游也真是的，并不提醒我们。

○ 他哪会知道我们想看什么。

○ 真可惜，在巴思，我们老是在罗马浴场和矿泉水站团团转，在广场呆了两个小时，教堂也没去，还以为我可先坐在路边喝咖啡，哪知教堂很早关门，错过了。

○ 早知简·奥斯丁的故居在一条街外，就该去，两个小时浪费掉了。这是没做好功课的结果。

○ 在湖区也是，又在大街上逛了一小时，华兹华斯（William Wordsworth）的鸽子屋就在大路口，赶到时已晚了，虽然买了参观券，屋子还是没时间进。

○ 不要紧，下次再去，不跟旅行团，自己走，一站一站去，每个小城住一两天。莎士比亚故居也去住一阵，看戏。坎特依里大教堂、布莱顿的摄政王宫我们还没去过，那是东方风格的建筑，是十八世纪风格的延续，尤其是室内设计和家具。

○ 夏洛蒂广场的房子，还可以想起些什么？

○ 地库有一个房间，全是旧的青花食具，碟子、茶壶等等。那些是荷兰的制品，不是中国的。

○ 好像地库有两个厨房。

○ 啊，有一个酒窖。一桶桶的酒站在地上，一瓶瓶的酒横叠在架上。整个酒窖是砖砌的，很简陋。

○ 有没有花园。

○ 没有注意。

○ 我们应该到屋后去看看。

○ 在荷兰，我们不是到屋后也去看了么？荷兰人有漂亮的后花园，还是刺绣花园。像花毯一样。

○ 我们不是买了一些小册子，可以找出来看看。

〇 看过了，奇怪，好像那是我从来没去过的地方。不知是不是患了帕金森症。

〇 难道我也患了失忆症，不记得有什么稀奇。怎么我记得雨果故居，莫扎特故居，舒伯特故居？因为我关心，因为那些地方有我关心的人。而乔治亚房子，不是我研究的题目。

〇 下次去，一定会有收获的。

〇 也许这正是一个地方使我们一去再去的理由。

## 20

乔治亚风格的历史时期较长，约一百多年，经历四位乔治国王，由乔治一世在一七一四年八月一日即位起，至乔治四世于一八三〇年六月廿六日驾崩止。乔治之前，有两个短暂的小王朝，其一是一六八九年至一七〇二年的威廉与玛丽，其二是一七〇二年至一七一四年的安妮女王。后者在位虽然只得十二年，建筑和设计的风格却很有创意，跟后辈比较，并不逊色，尤其是翼椅（Wing Chair），人人喜爱。这是一把带外卷扶手的安乐椅，特别之处是椅侧上端有窄窄的屏障伸展出来，本来用作挡风，但也可以保留私隐，人坐椅中，从椅侧是看不出来的。

如今飞机座位也设了头部靠背的侧屏，让乘客睡觉时，脑袋不致垂跌一边。

乔治亚房子的前身就是安妮女王式，均衡，对称，四四方方，大门开在正中，两侧分布窗子，屋顶的斜面上也有老虎窗，屋侧各一支烟囱，屋顶正中有一座凉庭似的圆建筑。这种建筑带有古希腊庙宇和意大利柏拉底奥式的形制。安妮女王时代房子的大门上端喜欢加一顶盖，用的是贝壳的图案。到了乔治时代，屋顶的圆庭消失了，烟囱矮了，大门上的顶盖不见了，贝壳变成了门楣上的扇形玻璃窗。

安妮女王没有子嗣，为了确保在位的国王是新教徒，于是迎回德国汉诺威的选帝侯，成为乔治一世。英国这位新君连英语也不会说，对管理英国，兴趣也不大，这么一来，国事都交给议会，由议会的多数派领袖掌管，奠定了议会政治，再辗转产生责任内阁。英国经过斯图亚特各朝的动荡，克伦威尔的清教政权、光荣革命，等等，到了乔治时期，开始君主立宪。我想，这是十八世纪的英国对世界文明的贡献；当时的其他各洲，仍在实行独裁专政。这也是英国得以率先领导工业革命的基本原因。许多年后，当中国推行洋务运动，学习西方的坚船利炮，并不知道，逐渐成熟的国家体制才是强大的秘诀。

乔治一世比安妮女王多当了一年君主，然后传位给儿子。

乔治二世跟父亲一样，无心管理英国；他比父亲又多做了十年。一般史家所谓早期乔治亚风格，就从这位二世君主的前半期算起，之后则是晚期乔治亚风格。但两期之间并非截然分割，而是互相重叠，例如早期是一七〇五年至一七八五年；后期是一七四〇年至一八一〇年。

四位乔治王以乔治三世的国力最盛，也最有野心，他是乔治二世的孙子，终于成为地道的英国国君。这时期，最辉煌的成就是打败了宿敌拿破仑。一七九三年，他遣马戛尔尼（George Lord MaCartney, 1737—1806）使团访华，为乾隆皇帝祝寿，其实是为英国这世界工厂寻找商机；却在觐见礼节上闹得很不愉快，结果无功而返。英国人种种要求里，其中之一是为做生意方便，给他们一个舟山附近废置的小岛，让英国商船停泊、补给。当然要碰钉子。乾隆这个自称“十全老人”的皇帝，经过三代的开疆拓土，打了百多年的仗，坐拥比祖先初入关时三倍多的土地，天朝之国岂会啬吝一个小小的岛，可就是感觉不好，面子过不去。

但马戛尔尼也不是空手而回的，他登上了清政府这“头等战舰”，看清楚舰里实际已“破烂不堪”。并且，他带回了中国的政治、经济、地理、物种等情报，为后来鸦片战争铺路。这使团由东印度公司资助；访华前后，英国已经直接统治大半个印度，又通过这个东印度公司，强迫孟加拉农民种植鸦片，再走私中国。乔治三世、四世两父子，关系恶劣，但对中国一定同样充满奇怪的想象。父亲曾尝试从国会夺回皇帝至高无上的权力，并不成功，加上晚年染病，精神错乱，被逼由儿子摄政，前后共九年。摄政时期的室内布置极尽奢华，充满了东方情调：中国的、印度的，不是融和，而是炒杂，布莱顿的皇宫就是样本。这位摄政，其实也像中国过去的皇帝太子，喜欢吃喝玩乐，经常大排筵席，自己足有二百八十磅，是全欧洲最胖的太子；他当玩具屋那样布置布莱顿。在摄政期内，英国失去了北美大部分的殖民地。北美的这个独立的新兴国家，不再推行帝制，而用民主选举的方法选出总统，实践了法国人孟德斯鸠提出的三权分立。这些，都发生在十八世纪。

世界在变化，而且到了这时刻，忽然变得飞快，快得令故步自封的人不明所以，远远落后。乾隆当时还在做着天朝大国的梦，自我感觉良好。英国呢，一直不是和法国打仗，就是和西班牙、葡萄牙争逐，必须自强不息，但君主受国会限制，想独断独行，是越来越难了，例如想增加税收，就非得国会批准不可。乔治四世正式在位十年，再由威廉四世继承七年，就到了长长的维多利亚时代。在香港，何文田山上还留有一间乔治五世英童书院，让外语小孩入读。至于乔治五世的儿子就是世纪爱情的主角温莎公爵，温莎公爵退位前是爱德华八世。香港早年的钱币，还有一套是乔治五世头像，我小时用过；之后就是漫长的伊丽莎白二世，长得让我们在电视荧幕前看到温莎皇室成员的婚姻离离合合，一段王子与公主美丽的童话以悲剧收结。

21

马戛尔尼奉命访华之前，一六一五年，那位自命“君权神授”的詹姆士一世曾派汤玛士·罗伊爵士（Sir Thomas Roe, 1581—1644）率领使团访问印度，拜会莫卧儿帝国皇帝贾汗吉尔，要求给予东印度公司定居和设厂的专利，英方则以欧洲各种珍品、货物回报。这位爵士成功了。到了一七一七年，东印度公司甚至取得在孟加拉地区的关税豁免权。对印度的兼并是这样开始的。对照一下乾隆和贾汗吉尔两位皇帝回复访客的信，会发觉后者多么慷慨宽大哩，容许英国商人居住任何想住的地方，可以享受绝对的自由，可以任意买卖、出口，而且不容许葡萄牙或者其他人干扰。乾隆呢，对英国的要求一概拒绝，修辞用语已算婉转客气的了，他说“尺土具是版籍，疆址森然”，怎能赏给外人？

毕竟印度和中国不同，莫卧儿帝国从未真正统一整个印度。而且，这纯粹只是做生意吗？做的什么生意呢？许多年后，当中国输出的玩具、食品含有毒素，就受欧美、日本的投诉。倘真有毒，而毒素果真来自中国，那就不对。试想想，当年输入的是鸦片？

东印度公司成立于十七世纪初，全名是“伦敦商人在东印度贸易的公司”，英国政府通过这公司蚕食了整个印度；再通过这公司，走私鸦片到中国。私贩鸦片，英国人不是始作俑者，也不是唯一的走私贩；中国本土也有种植鸦片，明末也曾发过禁令。不过到了十八世纪，英国成为主要的卖家，鸦片平均每年输入九百吨，而且以几何级递增，把中英贸易本来的顺差，转变为巨大的逆差。清政府雍正时代重申禁售鸦片，可一直难以切实执行。长此下去，林则徐上疏道光皇帝说，将会既没有粮饷，又没有可战之兵。这等于说，清朝要亡了。人民的健康，道光未必真会关心，但说他的江山祖业不保了，他这才惊醒，下起决心，任命林则徐为钦差大臣，南下全权执行禁烟、销烟。这时候，东印度公司已发展成为英国的海上帝国，有强大的经济、军事力量。利益一定太大了，所以在英国朝野内外，有商人的代理、说客，有庞大的影响力。当国会辩论应否出兵中国时，格兰斯顿（W. Gladstone, 1809—1898）指出英国要是为鸦片而战，会是不能磨灭的耻辱；莎夫茨伯里伯爵七世（Earl of Shaftessbury, 1801—1885）甚至说鸦片贸易，比奴隶贸易更恶毒。结果仍然输了。于是鸦片战争爆发，于是有了一个独特的香港。

荒谬的是，连那位奉命领兵攻打中国，并且私自向清廷提出割让香港的义律（Charles Elliot, 1801—1875），也不认为这是正义之战，而会令英国人丢脸。

22

马戛尔尼来华，带了两位画家，大概是希望通过他们的画笔，留下视觉的记录，文字呢，自有文官担当；而且几乎每个人都会写。文字和绘画，可以互相参照。这两位画家，严格而言，以画家的身份随团出使的其实只有一位，那是汤玛士·希基，另一位威廉·亚历山大（William Alexander, 1767—1816），也是画家，却只能以绘图员之名，作为希基的助手。有趣的是，主角并不演戏，返国后并没有中国旅程的绘画留下，反而配角，上路时只是个年轻小伙子，沿路不断速写、素描，回国后再根据这些，陆续用水彩、版画重构出中国的各种面貌。亚历山大先后出过两本中国的绘本，一本是《中国人的服饰和习俗图鉴》，另一本是《中国的服装》，而且每幅图画，都附有说明。

亚历山大出身皇家美术学院，访问中国时，才二十六七岁，他留下当年一张自画像，右眼戴了眼罩，像个海盗，原来他弱视，这是为了在颠簸的旅路上，防避风沙。使团到达北京时，下榻圆明园，在北京的活动，颇受限制，感觉像“坐牢”。因为那是八月的盛暑，老皇帝这时候照例到热河避暑去了。也许朝觐的争持，令能够到热河谒见皇帝的名单削减，结果并不包括希基和亚历山大两位画家。如今伦敦大英博物馆有一幅亚历山大绘画乾隆坐在太师椅上的画，椅背有一朵百合花饰，其实是出自想象；当然他参考了其他人的描述。这画画得不错，但细节有失当的地方，画的与其说是帝王，不如说像个清官。这方面亚历山大不能和较早来华的宫廷画家郎世宁、王致诚（Jean-Denis Attiret, 1702—1768）等人比较。亚历山大甚至连长城也并未亲眼看到，做不成好汉，自觉“终身遗憾”，但他仍然画出长城的风景。

但他的画，是有价值的。我手上有一本《中国人的服饰和习俗图鉴》，收了他的五十幅绘画。郎世宁、王致诚等人画的，是帝王、贵族，官方的行阵、打仗，如木兰秋狝、平定回部、通古思鲁克战争，那是统治阶层的活动，而且是清廷的视觉。他们的画往往有许多中国画家协助，人物由洋画家主笔，风景则由中国画家代劳。亚历山大的画不同，那完全是他自己的作品。他的技法可能逊于意大利、法国的神职画家，他们有伟大的文艺复兴的传统，来华前都已经薄有名气了，亚历山大回国后，后半生一直在反刍中国的经验，为各种中国旅程的书画插图，逐渐成名。他画的，主要是下层社会的面貌：渔夫、仆人、玩杂技的艺人、伶人、小贩、乐师、士卒、乞丐等等，各类人物都有，仿佛中国的浮世绘。除亚历山大之外，十八、十九世纪画中国题材的英国画家不少，例如丹尼尔两叔侄、韦伯、钦纳利等，但都不曾深入中国内陆。

明末清初，中国出了许多大画家，但宫廷生活他们既不能画，大概也没兴趣画，画师像唐岱、金昆、丁观鹏观鹤兄弟之流，成为御用，就不受朝外的读书人尊重，可是下层的生活呢，他们又不想画，很少画，心力都专注在山水花鸟上面。他们追求的是写意，而不是写实。于是，可叹的是，我们的视觉历史，只好嘉惠远人，由外国访客做记录；中国十八世纪末下层的生活，要通过一个英国人有色的眼光来看。

在摄影机尚未面世的日子，绘画作为记录、情报，绝对比文字具体。试想想，如果司马迁能够同时为他的列传配图，会多么好看呢。举《更夫》为例，亚历山大细致地画出他的衣着，短裤，赤脚，左手拿梆子，右手握木槌，还拿着一个灯笼。我说过绘画都附有文字说明，而且写得很不错，指出击梆的分配时间、街道的分布等等。又如《拾粪的孩童》，画了两个背负竹筐的少年，文字很有趣，说这是中国社会最下层人的生计。英国当时农业技术大大改良，但还远远不及中国人那么了解粪便的农业价值。孩童跟在马匹之后，一有马粪，急忙拾起，要是马上的人也要拉大便，那就更有价值了。又如《执火绳枪的兵士》，画了一位左手握一枚长长的火绳枪，背插旗帜的兵丁，看来很威风，但他写那些胸铠、护肩，里面填塞的不过是棉花而已，头盔呢，硬纸板而已。他告诉英国人，中国其实虚有其表。不单虚有其表，还虚张声势。他另外画了一个右手举刀，左手按盾的士兵，说盾牌上绘了恐怖的兽脸，以为敌人见了就会落荒而逃；在操练时姿势稀奇古怪，像要杂技，行军战略又荒谬可笑。

最令人深叹的，也许还是《卖烟杆的小贩》。他画了一个手握长烟杆，正在吸烟的小贩，烟杆上挂了小袋，据说用来装鸦片、槟榔之类，他背了若干长烟杆，又手拿一些，到处售卖。亚历山大说：在中国社会，不论任何阶层、年龄的男人，任何背景的女人，甚至从八岁到十岁的孩童，都随身带备抽烟的工具；中国人烟不离手。这景象，“文革”后期我也见过，大概八九岁的哥哥捡得烟屁股，猛抽两口，就交给他五六岁的弟弟分享。

中国人上下烟不离手，这好像就有了鸦片战争的理由。

23

乔治亚房子有不同的类型，最明显的分别是乡间与城镇：乡间多独幢别墅大厦，城中多相连的街屋。乡绅和贵族大多住在田园林野，住屋豪华，不但有数十房间，还有分离的煮食屋舍、马厩、车房和成群的仆人，大群的猎犬。贵族乡绅不但拥有自己的华宅，还有专为打猎停驻的别墅；城中又另置别业，以供入城之需，入城主要是为了消遣，包括看戏和参加舞会。城中的乔治亚房子，也有几种类型，除了单位独立，较特别的是系列相连（Terrace house），往往十多二十幢楼房，肩并肩耸立在长街上，多作半月形弯曲，形成一个富裕区，区内的住客当然非富则贵。看看卡片上的住址，就约莫知道其人的身家，从来如此，譬如当时著名的高蒙特里男爵（Lord），在城中布置了一座美轮美奂的华宅，目的是要安置他的私人珍藏，也让亲朋戚友偶然分享他的荣光，他根本并不在这里居住。名画家庚斯博罗在巴思也拥有一幢华宅，为了招徕富人的生意，这华宅，俨如黄金地段的办事处。至于成功的建筑师、编剧、演员更加不落人后。

乔治亚房子，外貌近似，但一眼也可分辨出四种级别：

第一种，小型，没有地库，面积约三百五十平方呎[1]，三层高，当年约值一百三十镑；住的是工程师、技术专才。

第二种，中型，面积三百五十至五百平方呎，三层高，带阁楼，有地库，值一百五十至三百镑；住的是行政人员、体面之士。

第三种，大型，面积五百至九百平方呎，四层高，带阁楼，有地库，二楼正中有露台，主客厅在地面，值三百至八百五十镑；住的是富商、船主等。

第四种，超级豪华型，面积超过九百平方呎，四层高，带阁楼，另有地库，值八百三十镑以上，主客厅在一楼（入门要上楼梯）；住的是乡绅、显贵。

城中的乔屋，背后会有小园，华宅则有马厩和车房。房子每层高度不同，楼下的楼底[2]高九至十二呎，楼上的高八至九呎。

十八世纪，英格兰加上威尔士，人口约五百五十万，其中

1 平方呎：平方英尺，是香港习用的面积计算单位，不同于内地的平方米。1平方呎约等于0.09平方米。

2 楼底：在广东话中是“楼距”的意思，楼底高九至十二呎，即楼距为九至十二呎。

五百万人的家庭每年入息低于一百英镑，居所只分占屋子的一个单位，或阁楼，或茅舍。渔民住的竟是他们的旧船。这些船可不像我们香港的蜑家，他们一直生活在水上，飓风来时才进入避风塘。英国的渔夫上了岸边，就把木船反转，船底朝天，一家人住在覆盖了的船穴中，家具也简单，不外是必需的椅桌和橱柜式睡床；明火既供煮食，又可取暖。住得起乔治亚房子的，毕竟都是幸运儿。

因为造房子的缘故，我逐渐翻查英国过去的历史，这些历史，如何跟我们截然分割？这之前，我只是略识之无。原来我们连造房子也受商人的摆布，他们生产的玩具屋都是一幢幢漂亮的大房子，而不会是简朴的茅舍。幸而各地不少玩偶屋的主人已经另起炉灶，自己建些茅屋村舍，二层高，二三个房间，温暖，朴素。近年，香港不少微型屋的制造者，也做出自己生活的社区，包括各种地道的食档，逼真细致，重构我们日渐失去的群体生活。

## 24

我把乔治亚的餐厅搬上地面的一层，把书房移到顶楼去了。地库究竟是仆人工作的地方。餐厅的家具主要是餐桌，十八世纪的餐桌，也铺桌布，到上甜品前才把桌布撤去。小小一张桌子，铺桌布可并不容易，很柔软的布，就是不肯下垂，竟一直向前伸，能伸多远就多远，仿佛说：我又不是苹果，地心吸力骗不了我。玩具屋中最漂亮的饰物其实就是采用不同颜色、质地和纹样的布。例如窗帘、椅套床帏、床单等，女红出色的女子可以绣出非凡的花纹，即使偷工减料，也不用现成的花边彩带。所以，一室颜色协调和色泽对比的枕套和椅套就出现了。为了避免厚重的布料过于臃肿，丝绸、细棉备受青睐，天鹅绒最多缝为窗帘。作品的色、面、形状、纹理都注意到了，可是，重量呢？凡布制品都有难以承受的轻，轻得好像地心失去了吸力，桌布像向四周散开，窗帘如飘浮的气球。

一本玩具屋的作者大概也遇过不少顽固的桌布，她于是教我们动用胶浆，把布粘牢在桌上，教它贴服下垂。软布竟变成坚硬的板块：身子脆弱，灵魂仍然坚拒就范；我总是不能接受。我得另想办法，或者可以学缝大衣或窗帘的方法。垂布（drape）从来是一大学问，从希腊的女装到画家笔下的衣褶，褶皱如何下垂，怎样才垂得漂亮，需要特别处理。缝纫书告诉我们厚重大衣的下摆内可缝入铜片压阵，窗帘的下端也要暗藏铜铁叶坠片。看看窗帘垂挂得那么笔直，原来内有玄机，难怪非专业的大姑娘，不懂得奥妙，做出来的呢绒大衣，总是软绵绵的。

那天逛花园街，居然重新发现一件儿童玩具，是豆袋，掷豆袋是儿时常玩的游戏，可以单独玩，又可群体比赛，不过是五个四方小布袋，内填绿豆眉豆之类；小时候自己也缝过。但玩具屋的枕头和椅垫的填料装豆，效果不佳，用米最好。是的，这是微型的世界，正该用米。洋人少吃饭，不会想到用米。且把这方法寄到玩具屋杂志去给“自己做”（DIY）的屋迷们参考。

暂时，我还是把桌布放开，且不去理。就在平滑的桌面摆四套餐具，一个碟子，左方一把叉，右方一把刀。刀尖对着两只高脚玻璃杯，一高一低，分别喝不同的酒。桌子中间可放一盘矮花，不阻对面的视线，两边各放一枚烛台，五支烛光比较亮，照清食物的内容；三支也行，足以遮掩女士脸上的皱纹。放一有圆盖的食物盘，藏着什么食物？待会儿揭晓。还有调味瓶子，哦，小小桌子，放不下了。桌旁放置一个哑仆（dumb waiter）吧，那不是仆人，只是个盛放餐具小件的三层高架子，贴墙的边桌（side table）上，还有大一点的碟子，刀叉箱子，食物盘、水果盘。葡萄是珍贵的水果，不可少，菠萝罕有，更少不得。一个矮架子上是个酒桶，里面放冰镇的白酒，冰块当然是用碎塑胶粒权充了。

贴墙是一个碗橱（dresser），这家具在下一个年代就会给扫进厨房去，然后到了二十世纪，又从厨房请回饭厅，甚至进入客厅。碗橱实在漂亮，尤其是摆满了好看的瓷器。餐厅里我只放两把椅子，意思意思。用餐时椅子自然会一一搬来。餐后再收走。

墙上挂了三幅希腊瓮（urn）的图。乔治亚房子总是非常希腊，除了天空。碗橱内当然摆一套蓝白花纹瓷器。我从国货公司买的儿童游戏茶具，茶壶太大，用不上，还有一套是火炉和药锅，留用。

客厅的家具更少，除了大壁炉，只放一张边桌、一把椅子、一枚坐地烛台。加点中国风貌吧：放一个彩绘的花鸟人物瓷碗，直径一寸，在乔屋中已是大如笆斗了。那把椅子，我用一幅条纹布罩起来。十八世纪的客厅都这样，没有贵宾到访，就把家具覆盖。我们中国人却不懂得这样，老见丫环、女仆拿鸡毛掸子不停地掸拍灰尘，掸得人起鸡皮疙瘩。

## 25

地库完全是仆役工作的地方了，左边是厨房，厨师只负责烹调食物，做面包、糕点。厨房中主要是火炉，明火烧烤，其次是一张大桌子，摆放烹调的鲜鱼鲜肉，鸡鸭牛羊。此外有一个杂物架，放置锅子、碟子、煎锅、勺子、铲子，挂在墙上。为了避免老鼠，木架高悬，拿起来不太方便。烤面包的炉一般放在隔邻的房间。然后是配膳室，准备菜肴。干净的橱柜里摆满熨平的餐巾、桌布。右边和厨房相连的是洗菜房，洗涤蔬菜和鲜肉，摆放一个砖砌的洗盆和铁铸的水泵。水泵解决了不少用水的麻烦，以前，仆人可得到街上去提水。输水管铺设之后，家家户户都满怀希望。可是过了许久，下水道仍然没有动静。那么漂亮的乔治亚房子，有了入水之处，却苦无出水之所。厨房的水流下沟渠，便壶的水没有去处，常常倾泻出街道，弄得整个城市臭气熏天，痢疾、霍乱非常猖狂。到了维多利亚时代，下水道还没理好，食水与污水混合，连女王的王夫阿尔拔王子也因此染上霍乱，英年早逝，女王从此黑衣终生。洗菜房也是宰羊杀鸭的场所，有时，困养着几只喔喔叫的鸡，过几日就一声不响。洗菜房隔邻是洗衣房，这里有烧水的炉子，全家用的热水都到这里提取，大铜锅煮的是内衣裤、袜子之类衣物，以及厨房用的亚麻等布帛，煮后用作包裹食物。洗衣服是大事，很久才举行一次，每次都大规模，衣物晾在庭院，绝不会挂在窗口示众。

城中的乔治亚房子，窗外也不放盆栽，花草树木都出现在屋后的花园。屋后或者还有马厩，以及停泊马车的地方，就看屋主的经济条件了。地库还有两个阴凉的角落，一个用来贮藏粮食、面粉、蔬菜等等，因为没有人天天上街市。另一角落则是酒窖，乔治亚人无酒不欢。请客更少不了红白酒；穷人则上酒肆喝杜松子酒，喝得烂醉，直到政府下令禁止。阁楼如今变成书房了，我把整个阁楼打通，书房和图书室连在一起。阁楼低矮，高橱改矮了，放满了书。书都由我自己做，从杂志上剪下那些酒红果绿的皮面书背的图片，烫金的，都是什么海明威呀，福克纳呀，我把名字都删掉，只取书背的花纹，糊在粘牢的小卡片上，果然变成一列古典书籍了。迟些，我再做一套带名字（仍然没有内容）的书，从希腊史诗，一直到简·奥斯丁，大概会很有趣。这书房，我放进一张书桌和一把椅子，就是台湾出品的模型砌成，再加上一个五斗橱。乔先生正坐在书房内看书，乔夫人在沙龙和女朋友喝下午茶。书房中有她的刺绣架，绣了一半的是一个椅靠套子；墙上挂着她的作品，是十字绣的范本（sampler），少女必习的手艺。书房中的摆设是一台望远镜、一艘模型帆船、一座模型房屋，墙上起先还挂上一个黑森林式的咕咕鸟钟，说明这房间本来是儿童室，但已经移到后座去了。因为孩子寄宿，一个星期才回来一次，房间常常空置，除非有朋友来留宿。和儿童室相连的熨衣房也搬走了，熨衣服这回事，可以由女仆在她的睡房中办理。女仆的房间常常堆置些没有特别容身之处的杂物。啊，轻声点，不要打扰乔先生读书，他连下午茶也不喝，必定又给什么迷住了。

—希望你没有忘记睡房才好，一个屋子，必须有个可以安睡的地方。

—啊，当然没有。

我当然没有忘记睡房。睡房最重要的是床。在十八世纪，流行的仍是四柱大床。这种床的历史悠久，远在七八世纪已经存在。床安放在大厅，人来人往，白天根本等于大沙发。床极大，有四支柱，团团悬挂帷幔，可以挡风避寒，晚上就维护了私隐。到了中世纪，这床就给搬上了楼，进入主卧室，不再成为炫耀社交的展览品，但它的华丽和身份不变。

这乔治屋睡房中的床是连同房子一起购买的，做得不错，结实宽阔，柱子还是仿罗马柱式。除了绿底白花的帷幔外，还带两个圆形长枕。我用米色花边给它做了一个床罩，垂下裙褶。床上放了一个汤婆子和长柄的熨壶，两者都是暖被窝的用具。当然，花猫最会选择安睡的地方。床底下有一个便壶，形状像一只大杯子，有耳，矮而圆，功用等同中国痰盂。

一张床占了睡房的三分之二空间，剩下窄的间隙，刚好塞进一件漂亮的高背书桌。这个名叫bureau的家具我羡慕了很久。它的模样像高橱，其实由两部分组成，下半是书桌，上半是多格橱。书桌部分有抽屉，桌面是可以翻上翻下的板，壁内有间格、小抽屉、小柜等，可以放信件、墨水瓶、印水纸。真正的物件可能还有暗格，收藏贵妇的情信。书橱的大半是多宝柜。我在英国旅行时，遇上娃娃屋展销会，特别乘火车去看，结果就找到了这漂亮的家具。做得实在好，全是精细的手工，每一个抽屉、每一扇门都能打开。这就是十八世纪家具的魅力，也就是我为什么不喜欢维多利亚娃娃屋的原因。

一般的娃娃屋，大多是维多利亚式，我觉得它模样庞杂，家具乏善可陈。一个线芯，或一个胶卷筒，盖上布，就成为饭桌。全屋都是花边彩布，有气派、独当一面的家具？没有。最漂亮的，只有鸟笼。睡房里另有三件家具，床边是一个矮柜，以及一把椅子。近门口是一张小桌，云石面，上摆洗脸用的水壶和脸盆，桌下是便壶。既然没有下水道，没有自来水，也就没有浴室。

一幢房子的家具就是这样点点滴滴地搜集起来，即使过了几年，也不一定齐备。家具和房子，也有缘分，如今，总算不错。它们不但漂亮，而且仿真，就把旧的换走。沙龙里有一个玻璃饰橱，里面装绘花瓷器，一套蓝色条纹座椅，一张小小的圆桌。这圆桌乍看很普通，却是典型的十八世纪小桌，桌面有围边，防止物体滑下。

音乐室的家具最出色，最难搜得的是钢琴，因为是书桌式。在李安的电影《理智与情感》中，上校送给妹妹玛丽安的正是这样的礼物。另一件三座位的连椅，是十八世纪的宠物，双连、单座的椅子很多，三座的微型椅较少。

饭厅有一张折桌，两边的桌板可以垂下。真正的餐桌都是阔宽的，娃娃屋面积小，最宜折桌。这房间的墙角有一个杂物架，叫what-not，放小摆设方便，恰好填补角落的空隙。

除了选购家具，我也动手做。其实是加工。英美都有盒装的“自己做”手工家具材料，供应切割好的木料配件，让屋迷自己动手。材料都很精美，我订了一些，做出来的效果也很满意。

半圆形的边桌最容易，二幅面板，糊上四支脚子就行。形态优美，因为脚是流线型，上粗下窄，正是十八世纪的式样。椅子可美丽了，是齐本代尔式样，椅背有圈纹，带弧度，椅脚以旋涡和爪球结尾。椅座配上绣花垫子，取自手帕。啊，不，不，是乔太太亲手所绣，是她的手艺。还有两件精品，一件是隔火罩，另一件是罕见的酒柜（cellaret）。

“自己做”也有不少窍门。首先，要做好一件家具，必须打磨木板，用砂纸细细磨，磨得愈久愈好，要磨得平滑如镜。其次是糊，得用上佳、不泛黄的黏料，涂料不可厚，不可溢出边界。因为涂料上不能上色，可以把木材先上颜色，再糊起来吗？可以，但不好，因为上了色的木头会粘不牢。还是先糊好，再上色。

上色又是学问。不能涂厚漆，要均匀染色，好留下木纹。抹去多余的染料，不可留下气泡。木头要分别正纹、斜纹，侧面和边缘，后者吸水力强，会使颜色加深，要特别留心。

家具做好，可以上一层透明的哑色光油作保护。

—是否有了这些，就成为一个美好的家呢？

—还欠一样，最重要的东西。

—喔？

—是爱心。

## 26

乔屋内的房间，原来是一个个封闭的空间。为什么这样说呢？因为室内只有隔墙，没有窗子。每一个房间都是三面墙，一幅天花，一幅地板，一切都困在方盒子内。幸而房子的正面可以打开，要光，就有光了。如果橱门关上，每个房间就是四面墙体，窗玻璃透明，但不能开启。封闭的空间使房间显得狭窄而局促，我只好采用掩眼法（trompe-l'œil）。第一个方法是在每一幅纵深的墙上糊一扇门。这样，房间看起来就不是四周给堵塞了，似乎可以由一扇门（虽然是假门）通向别的空间：楼梯、走廊、玄关或者邻室。乔治亚房子通常在室内设两道相对的门，这大概是模仿法国宫廷的长廊，一连串的门，如果全部打开，望过去无边无际似的，视野非常深远。乔治亚房子则是房间和房间相连，前厅和后厅相接，从大堂这边的门进入前厅，从那边的门直接步入后厅，不必回到大堂再转入。乔屋没法这样设计，因为房间的左右都是屋侧的墙，如果做一道门，岂非掉到街外去？而向内侧设门，岂非走进楼梯里？所以，门只能开在背后的墙上，窗子倒还可以，但左右侧也被壁炉占去，再没有开窗的面积。

假门墙，带来了流通的幻想。但房间依然是封闭的。第二个方法是不用假门，而做一个拱形或框形的门洞，洞内糊墙纸放小桌子，形成一个仿佛可进入通向左右的走廊，这比单单一扇门显得更宽敞。可是这方法我放弃了，因为房间不深，再难分割，即使是一桌之小。我见过一位设计家在背墙上造一个升降梯的窗口，以便把厨房的食物输送上来。太精巧了，那是专业的手艺。

我采用另一个方法，简单而见效，就是把杂志上适用的图片剪下，贴在背墙上。像沙龙吧，贴了一个大窗子，还附窗帘，窗外有翠绿的树木，图片前摆了钢琴。整个沙龙活泼起来了，室内和室外互补，房间再也不是封闭的了。主卧房也是一样，床侧糊了另一个房间入口的图片。远远看去，那房间内有矮抽屉橱，上有可旋转的镜子，更远一些是窗子，左方透过一线光，似乎是另一转折的空间。这图片使主卧室通向邻室，那里就是主人的更衣室，梳妆台、衣柜、椅子、桌子都可以想象出来。图片我很喜欢，来自一本作家故居的书，把选用的图片影印缩小；我选的图片，本来属于福克纳，那是他的卧室。多么有趣，福克纳如今就寄居在我家中的乔治亚。客厅我选了别的透视图片，那客厅的另一端有一扇门，远看就有了纵深，由宽至窄，向远方汇集，这是文艺复兴画家创造出来的空间。乔屋的客厅因此不但可以通向室外，而且还把宽阔、整齐、空敞的感觉带出来。餐厅用的也是同一个方法，但外面是走廊，更远的是花园。所有的房间都开放了。这不正是我们理想的外部空间么？

乔屋内有隔板，糊墙纸的时候，我就想过该不该把这板的边缘也糊上。但它究竟属于这边的房间还是那边的楼梯？最后还是由它空着。然而，我想到，这是乔治亚房子呢，这种房子最爱在室内用古典的柱式来装饰。这可好了，我复印了十支陶立克柱，每幅隔墙的边缘糊上一支，另外在每层楼的边墙上也糊一支。这是中国式的障景法：把不好看的板遮掉。有了柱，室内忽然变得宏伟起来，颇有气派，而这种柱式，任何类型的室内设计（除非后现代派）都不适用，无论都铎、维多利亚、爱德华、新艺术、装饰艺术、工艺派都不行，只有乔治亚房子才适合，我自以为得体。

—乔屋的装修和布置完成了吗？

—还没有。

—好像这是装修匠的传统，总是没完没了，给他两个星期，他会做出一个月；他告诉你两个月，结果呢，用上半年。

—总是这样？其实玩具屋的内外工程的确永远也没完没了，因为一切都可以随时更换。比如说，我们的玩具屋可以成为一幢玩具屋的博物馆……

—对不起，打扰了，我是理解的。

比如说，这些掩眼法的布景，可以更换。窗子的形状，窗帘的颜色、长短、质料都可以随时改变，只要更有趣或者更新鲜的出现；本来的墙纸，家具，位置，都可以更换，或者从头再开始，像可塑的泥土、木料，充满可能。窗外的风景，更不用说了，可以是繁花的春、浓荫的夏、晴朗的秋和飘雪的冬，这些，都足以影响室内的氛围，影响乔先生他们的心情。娃娃屋吸引屋迷之处，正是它的流动、非完成，偶然凝住，却又准备随时变更。它是流动不息的活水，我们观看它时，它不过也刚巧停下来观看我们。

耶诞到来，乔屋内也出现一株小小的圣诞树，悬挂更小的天使、鹿车和花环。有一件工作，我考虑了很久，暂时搁置了，那是乔屋的照明。我对电器一无所知，不会换电插头，充其量只会换换灯泡，一栋玩具屋亮起了灯该多么令人惊异。乔屋的世纪是蜡烛的世纪，专业的设计师使每一枚烛台和悬挂的灯盏都闪耀黄色的光，使我非常羡慕。买过一盒纸模型，是翡冷翠的花之教堂，附有灯泡和干电的装置，我没法完成，因为不懂得处理电线和电源的零件。有一阵小灯泡亮了，却是炙热烫手，几乎被灼伤，吓了一跳，乔先生乔太太也一定吓呆了。也许，我该去学一点电学。以后再说吧，要学的事物多着哩，我正在学做黏土，学纸黏土可制造碟子、盘子等厨具，学面包土可做花朵、小盆栽和水果。我也得绣一些布艺。这是一个不断变化的装置艺术。假设这是你的作品，你永远也不会满意。

不知道还有什么可以使一个人天长地久地投入心神。

## 27

—人死后会到什么地方去呢，玛丽安？

—好人会上天堂，坏人就下地狱咯，汤姆少爷。

—那么我的哥哥汤姆呢？他是好人还是坏人呢？

—他当然是好人，那么聪明伶俐，人见人爱，要是活下来，一定是个好人。

—他怎么死的？

—他三岁时突然发高烧，大夫赶来，好像退了，谁知晚上又发起高烧，大夫再来，已经迟了。

—你难过吗？玛丽安？

—怎会不难过？他跟你一样，一直由我带着，但那有什么办法？我十四岁就来这里，感谢太太和老爷的信赖。我的姐姐生过三个孩子，两个都夭折了，她不过比我大几年，最近她的丈夫，四十不到也病死了，我们连哀伤也来不及。有什么办法？这就是生命，你别老想着这问题。

—当你叫汤姆少爷，我有时怀疑，你其实在叫我的哥哥。

—怎么会呢？小汤姆死后一年，你就降临了，那真是天大的福气。

—是否有可能，他其实并没有死呢？我觉得他跟我很接近。

—别胡思乱想，你要健健康康地长大，好好读书，然后也像老爷那样，到外国旅行，然后回来，娶一个名门淑女。

—我不会到外国打仗么？像叔叔那样？

—怎么会呢？叔叔是你家的幼子，不当牧师的话，就只好当兵，可你不同，你只要把书读好。

—我有时也很想念叔叔，他什么时候再来？他会再来吗？他说的故事最好听。玛丽安，要是我的哥哥小汤姆没有死，那我不是也要当兵，到外国打仗吗？

—又来了。你准备好明天的功课了么？学校吩咐的功课做好了么？你知道，每个人都要完成他的责任，汤姆少爷。

## 28

我假设我的乔治亚位于巴思，不是伦敦。巴思在十八世纪是一个繁华的小镇，热闹的程度，仅次于伦敦。这是一个温泉的疗养地，许多人前来喝泉水，浸浴，因为患风湿的人多。巴思有许多漂亮的房子，都是乡绅贵族们的度假别墅，每一年总有好几个星期，甚至好几个月，他们会到这里度假，度假是上流社会重要的休闲活动之一，尤其是女子。因为男人可以去打猎，女人更爱逛街购物，参加舞会。巴思的商店有各种名贵而新潮的衣物，鞋子、帽子、花边丝带、瓷器、书籍，直追伦敦。而且巴思的公共舞会也多，每周都有，每年还有择偶舞会，供青年人结识异性。

乔先生一家住在巴思，一年中总有那么几个星期，他们也去度假，却是上伦敦去。十八世纪的英国人，亲戚关系是异常亲密的，什么姑母、姨母、叔伯、表兄弟姐妹，常常往来，哪个女子嫁入豪门，更加有机会炫耀自己的幸福，把一大群亲戚请来，住那么的几个星期，天天游玩，开舞会，晚上就是打牌，弹琴唱歌，朗诵，花那么多心思准备的晚装，华衣丽服都有了展览的机会。当然家中的姐姐嫁得好，妹妹也可以住到乡村大厦去，结识上流社会，不愁嫁不出去了。

乔家住在巴思，他们就不必对温泉特别眷顾，他们如果郊游，会到海边去，当时说海水能医百病，比温泉还有效。既能治病，到了海边，不但浸浴，还喝海水。女子如何浸浴呢？商机来了，商人在岸边搭建一些小木屋，活像一个个帐篷，还加设轮子。想海浴的女子，只要走进小木屋就行，木屋由马匹牵拉，走到海面，海水就浸入木屋里。女子在屋内更衣，再浸在水里；亲炙海水，竟可以神不知鬼不觉。所以海滩上总看见一列长出轮子会走动的小木屋停泊。

郊外野餐也是休闲的常规活动，约上三几户亲戚朋友，就可成行。什么邻居啦，沾一点边的朋友啦，加上总有那么些闲着无事的富裕老太太，为尘世的婚俗挂心，哪个姑娘配哪位少爷，郊外野餐正好交流资讯，撮合姻缘。

无论郊游、海浴、参加舞会，马车绝不可少。马车是身份的象征，轻便的双轮，豪华的四轮，开篷或密封，两匹马拉还是四匹马拉，一个仆人还是两个仆人，不同场合就有不同的调派。当然，马车愈多愈显得富有，因为一架轻便的双轮马车时值二百五十镑，可以买得起一幢中型乔治亚房子，加上马夫的工资、养马的费用，岂是一般人负担得起。

远赴伦敦上亲友家还得在途中换车，住宿旅店。公共驿车很方便，尤其是有守卫的；但谁也不能保证不生意外，偏僻难走的小径，翻车可不是新闻。男子大都宁愿骑马，单骑上路，来去自如。乡路改良之后，五十里的路程，半天就到了。

## 29

让我讲讲乔屋一家人的过往吧。一家之主的乔先生，是乔老先生的长子，可说是含着银匙出生。他一生的幸福全赖诞生的及时。在十八世纪，法律规定，长子可以继承父母的财产。财产包括田地、房屋和金钱。田地是会生钱的，每年带来固定的收入，乡绅于是可以不必工作，坐享其利，天天吃喝玩乐，常常旅行、游猎。其他庶子，就没有这种权利了，他们要为生存而拼搏。当时适合年轻男子的职业甚少，最普通的是充当神职人员，就任大庄园的牧师，或者副牧师，寄人篱下，年薪嘛，最多二百镑，只够一个单身汉维持简单的生活，要娶妻养儿，难了。另外一个出路是从军，十八世纪末年，英法战事频密，拜拿破仑所赐，军人不愁出路。所以，很多年轻人当兵去了。他们威风的戎装、骑术，加上以行阵打仗的决心苦练得来的精湛舞步，常常赢尽少女的芳心，至于不良的军人，尤其擅于诱骗无知少女，始乱终弃，再找其他富有的独女承继人成亲，坐享三五万镑的嫁妆。

乔先生下世后，留下一笔遗产给长子，包括一幢城中的乔治亚式楼房。这房子属于同型房子的第三级。乔先生每年的田租收入足以维持他过适舒的生活，拥有一群仆役，出入还有马车代步。他的财产有一半来自妻子，因为她带来了一笔可观的嫁妆，她的父母是贵族出身，在乡间有田地和房子。她是家中的独女，父母的财产将来也全都是她的。

身为长子，乔先生的教育也和弟弟不同，因为除了进昂贵的公学读书外，他也有出外大旅行的机会，这是长子独享的权利。大旅行，是指十八世纪的富家子弟出国游学的壮举，外游的国家主要在欧洲，法国、意大利、德国、荷兰等等，有的甚至远至希腊和埃及。游学的时间短则三五年，更有长达十年，带了导师、侍仆和随从，朝拜各地名胜古迹，又入学读书，学习外国语文，尤其要学法国上流社会的礼仪。回国时也带回了许多纪念品，图画、雕刻、书籍。他们眼界开阔了，知识充实了，生活的品位好像也提高了；不幸也有些本来已经够高额势利，回国后变本加厉。他们不少成为建筑师，设计师，成为这样那样的社会领袖；并且把外国的风尚带回，冲击本国的社会习惯。

乔太太娘家家境富裕，她受过当时大家闺秀的良好教育，在私立女校读过七年书，学会上流社会认定女子应该懂得的全部礼仪及手艺。她会弹琴，虽然没有音乐的天赋；她会绘画，虽然并不出众。她的刺绣还是不错的，可以绣漂亮的椅垫和壁炉的隔遮火屏风。她在学校多年来的十字绣范本仍挂在小书房的墙上。她会烹饪，但从不下厨，她和丈夫志趣相投，都爱看书，因此有谈不完的话题。她结交学识修养不俗的女子，常常一起逛书店，喝下午茶，谈论新鲜的世界话题，反而不喜欢搬弄邻里亲友的是非。她是在舞会中结识丈夫的，彼此一见钟情。他们是属于迟婚的，相识的时候，乔先生已二十七八岁，刚从大旅行回来，她对他丰富的知识和各地的见闻听得津津有味。她所以没有很早嫁出去，一来是因为父母疼爱，舍不得她；二来是她自己也不急于出嫁，她的一些女伴都为了猎取丈夫而花尽心思，尤其是那些家中姐妹众多的，总在评点哪家的少年英俊潇洒，哪家的公子财富丰厚。她总静静地聆听，一派事不关己的样子。她在宴会中也受到年轻男子的青睐，是个美丽可爱的姑娘，但她没有动心，仿佛知道她的白马王子还没有出现。

别的已婚女子都饱受生育之苦，有的年纪轻轻已生下许多子女，有的因难产早死。十八世纪虽说是科学起飞的时代，可医学还说不上先进，医生的水准也良莠不齐，更不要说助产士了。接生的稳婆都没有医学知识和训练，不过是些生过孩子的妇人。至于治病的方法，不过是用薰衣草和水让病人苏醒，无论什么病都一个劲儿放血。乔太太生孩子时是由受过医学训练的男护士接生的，这在当时也很罕见。一般的家庭大多有七八个孩子，乔太太却只生过两个男孩。家业就有人承继了。当时的婴孩，夭折的多，所以多产是正常的，即使这样，七八个孩子，一般养活长大的也只剩三四个而已。

乔家眼下只有一个男孩，但身体健康，聪明活泼，正在伊顿读书，前途无限。

真是幸福的家庭，于是玩具屋好像真的是童话的世界。

## 30

乔治亚房子的业主，仆人往往比主人多。家务不用主妇动手，也不用小姐动手，老爷、少爷更不用说了。工作都派给仆人。家中地位最高的仆人，得看是乡间别墅还是城中华宅，又得看房子的等级。乡间豪华别墅的首席仆人自然是管家。而城中房子，譬如说等级属于第三等的，最重要的仆人其实是厨师，而且是女性。男厨师则是屋主地位的象征。厨师不处理杂务，只管烹调，厨房是她的天地。她有自己独立的卧室，地位特殊。这位女厨师可能四十多岁，未婚，但人人称她“太太”，不能直呼名字。年薪约四十五镑。当然她是烹饪高手，有好几样拿手菜式，家中的盛宴就靠她主持，做出一桌子出色的食物，美味的甜品。她经常腰悬一串钥匙，只有她可以打开食物库的橱门。每天她会在早餐时见女主人一次，商谈当天的餐食，宴会时更需详细计划。

两名女仆做杂务，但各有所司。一个是贴身女侍，负责为女主人打水、穿衣、化妆，收拾房间等细致的工作，年薪十六镑。另一名女仆做粗重工作，洗衣、刷地板，并且要下厨协助厨师做菜，年薪十二镑。她俩每天从早到晚没休息，也从无假期，除了每天上教堂。两个还都不到二十岁，由于家贫，女子很早就当女佣。

此外，有孩子的家庭，往往又另有两名仆人，一名是保姆，负责照顾孩子起居生活；另一名是家庭教师，当少爷年纪大了入校寄宿，也就不再需要保姆和家教。一般小康家庭会有一辆马车，马车不单可以代步，还是地位的象征，如果坐出租的马车出席宴会或参加舞会、看戏，会没有面子。而且车夫的另一项工作是陪伴和保护太太上街购物，替太太挽提杂物。

两名女仆都穿着整齐衣服，加外罩，头戴巾帽，带着工作盒穿梭于屋内各房间，盒内装着刷子、布碎、白蜡等等，家务女仆因为要刷地板，劳损得腰酸背疼，手掌因长期接触水而生冻疮，而且常常在煮食时被烟熏得咳嗽，流泪水。贴身女仆还得学会一手好女红，因为太太的名贵衣服一旦破了，她要会补，而且熨衣服的技巧要高，丝绸缎锦都怠慢不得。她们每天都从早上六时起床，工作到晚上十二时。主人有宴会，出外看戏，或访友，则可能要到午夜一两点才能休息。

一般如此，凡事总有例外。乔先生不是花花公子，生活并不奢侈，所以他没有雇用贴身男仆。少主已入读寄宿学校，不用保姆，但玛丽安是女主人从外家带来。

—汤姆，告诉你一件事。

—什么事？

——一个你挂念的人会来看你。

—谁？

—爱德华叔叔。

乔先生也不热衷打猎，所以没有养狗，家中有猫，因为女主人爱猫。我几乎把乔屋重要的成员给忘掉了，它们是猫咪。两只花斑猫（真的是蓝白瓷猫），两只灰白猫（真的是灰白色，也是瓷猫）。这些猫各有各的地盘。花斑猫爱睡软垫，一只爬上床，一只霸占扶手椅。另外两只灰白猫不那么挑剔，一只爱睡窗台，晒太阳；另外一只，不见了，必是上街游玩去了。屋子四邻都有庭院、花园，好玩的地方太多，又树木葱郁，街上只有马车，不像汽车风驰电掣，马蹄嘚嘚，猫儿远远听见，又有车夫的吆喝驱赶，所以绝少发生马车碾毙猫儿的事情，不，根本没有发生过，不信试翻翻英国十八世纪的历史。猫儿当然天生好动，爱游逛，花园中雀鸟又多，还有仓鼠。这时候，还没有什么绝育的手术，猫儿自由繁殖，随意恋爱，多么愉快哦。我在厨房中永远替猫儿准备蒸好的鸡肉、清水，这保证它们大旅行之后会回来。

黛西：

这一阵，我一直在看书哩，有两本很好看的书，太太不在家时，我整天都在看，太太回来了，我也刚好看完。两本书的第一本叫《帕梅拉》，是一位叫理查逊的先生写的，帕梅拉是个贞洁的女子，不受男人的甜言蜜语和金钱的诱惑，最后终于得了好的归宿，成为一位绅士的夫人。她的结局，令人又佩服又羡慕。

另一本书是《克拉丽莎》，是同一位先生写的，也是写女性，却很不相同。女主角很悲惨，她也是严守贞洁的，可是却给男人欺骗，遭受强暴，后来慢性自杀而死。我一面看一面哭，哭湿了两个枕头，幸而太太并不在家。

黛西，我所以特别喜欢这两本书，是因为书中的女主角和我们一样，都是女仆。尤其是帕梅拉，她本是服侍老太太的。获得夫人的欢心，当她女儿一般，凡是小姐学的读书、唱歌、跳舞、绣花、礼仪，她都一起陪学，也都学会了。这可不就和我一样？我有机会识字读书，全是老夫人对我好。小姐出嫁，我才追随小姐来到乔家。小姐当然也待我很好，但我毕竟是个女仆呀。

黛西，我不知道我们将来的命运会怎样，像帕梅拉，还是像克拉丽莎？我目前生活得很好，因为没有什么什么少爷欺侮我。你呢，近况如何？

啊，告诉你一件事，我家这里的二少爷回来了。他是从战场上回来的。上次来的时候，还是三年前的事，那时候，他穿一套红色的军服，威风飒飒，真是英俊的青年。这次回来，他人瘦了，晒黑了，一脸沧桑，又受了伤，走路时还一拐一拐的。但我却觉得他比以前更成熟，也更英俊。不说了，下次再谈。

玛丽安

## 31

十八世纪以前的婚姻，大多出于政治、经济，这样那样的考虑，自由恋爱而开花结果的不是没有，相对于欧洲其他地方，英国已较开放，但仍然甚少，自由恋爱的观念毕竟是二十世纪以后的事。婚姻难，可有想到，成为怨偶之后，离婚更难？一个英国国王为了离婚，杀了无数人，连国教也改了。到了十八世纪，离婚算是合法了，但仍然只有富人才可以实行，而且要通过议会的讨论和审批。两个人的离异要由议会审议，可见多么严重。这种议案不可能多，多了就积压，总之，国家就是不鼓励。而且议会往往认定丈夫有罪，要缴付补偿费，也即是今天的赡养费，例如每年一百五十镑，这绝对不是一般人负担得起的。举个例说，《国富论》的作者初当大学老师时，年薪才不过一百镑。看来他的薪金即使增多一倍，也没有离婚的能力；虽然他从未结婚。穷人更没有在议会申办离婚的财力、能力。再婚无效，则再婚生下的孩子都成为私生子。在安妮女王统治的十二年间，在议会办理的离婚案只有六宗。

妻难以离，但容易卖。从绅士到劳工，都可以把妻子当货物卖掉，价钱为二先令，那是高价了，有时为了急于甩掉对方，低至几件衣服、一些烟草，甚至一杯啤酒。卖妻有一个仪式，就是由丈夫用绳索套在妻子颈上，像牛马一样把她牵到市集去拍卖。重要的是，买卖时一切要公开，众目睽睽，双方讨价还价，然后买方付款，从卖方接过绳子，才算完成。卖方不便中饱私囊，会拿所得款项在酒家请酒，送礼，祝福新人，还支付雇马车的费用。这是议会之下，庶民约定认可的婚姻转让。

但看戏的群众其实都知道，卖妻往往经夫妇双方，甚至三方协议。买妻的人选早内定了的，可能是女子的情夫，或者是女子的外家把她买回，好摆脱不能忍受的婚姻。因为重商，连婚姻也可以当买卖，这是乔治时代的怪现象。不过卖妻可以，却不能卖夫，可见也并非公平对等的买卖。

32

十八世纪英国小镇的妇女，责任是在家中纺织，帮补家计，她们都是个体户，纺的线，织的布，产量有限，报酬也有限，劳累终日，还不足以糊口。丈夫则出外拼命挣钱，真是贫贱夫妻百事哀，生活磨人，难免产生摩擦。这种摩擦，说得夸张，却是一位发脾气的丈夫，一脚踢出工业革命来。话说珍妮一家从农村来到城市，为了生计，男织女纺。当年棉织品分先纺纱后织布两个工序，因为“飞梭”的发明，令织布快，纺纱慢，两者并不协调，负责织布的詹姆士（James Hargreaves, 1725—1778）对负责纺纱的珍妮（Janny），开初还是充分体谅的，到后来实在等不下去了，一怒之下踢翻了纺车。哪知翻倒的纺车仰面朝天，本来半躺的纱锭高竖，仍在飞速旋转。这景象启发了做木工的丈夫，于是发明了纺车，当时是一七六四年。这纺车是个大框，上面横置八个纱锭，边上装木轮，操作时，速度增加八倍。

后来，这轮“珍妮纺车”，经过改良，利用水力，成为水力纺纱机，几千个纱锭的纺织厂转眼沿河落成，工业时代君临了。不论是乔治亚房子、安妮式、都铎式，家中的墙上不必挂地毡，可以用布糊。窗帘也变得多姿多彩，长垂及地，中分两边，不再是一幅简单的布帛挂起来遮蔽阳光了。而工厂需要大量劳动人力，不管男女，同样的剥削，可这么一来，妇女得以出外谋生，走入社会。

沿河的市镇，经济日趋繁荣。光利用水力，只是第一步。瓦特把成果推前，发明了蒸汽机，于是又出现了蒸汽纺布机。到了十九世纪，司蒂文生把蒸汽机装在火车头上，成为推动工业革命的尖兵，发达的交通网络是发展工业必需的配套。可是在珍妮和丈夫为生活发愁的年代，工厂的货运除了陆路，还得靠水路。

这是个科技开始发达、资讯日渐流通的时代，加上印刷业昌盛，每个信徒都可以直接阅读《圣经》，跟上帝对话，中世纪终于真正地一去不返了。一七五二年，英国政府取消古旧的凯撒历（Julian Calendar），开始使用格利高历（Gregorian Calendar），并且推行到各个殖民地，包括现今的美国，仿佛这标志着现代世界的诞生。十八世纪，人类开始获得一种世界的视野，国内外新事物很快成为客厅、酒吧中的谈资。一七八一年德国人赫歇尔发现了天王星，英国每一户像样的书房和图书室中非摆放一架望远镜和一个地球仪不可。一七九六年，英国乡村医生琴纳发现牛痘免疫法。在此之前的英国，医生对天花根本束手无策，因为是传染病，死人无数。

和纺织工业密切相关的是漂白技术。一七七四年，瑞典化学家舍勒发现了氯气可以漂白棉麻；一七九八年，英国人泰昂特发明了漂白粉，带动了印染业的发展。普通人家得以挂窗帘，穿上薄质的棉衣裙，而不必购买进口昂贵的印度棉织品。

工业、农业、交通水利，都出现了突破，英国的新兴阶层于是可以和原有的贵族分享优质的生活，甚至胜过没落的大家族。

## 33

英国的工业革命由改良纺织技术开始，为什么是纺织？因为十八世纪时，纺织业已成为英国经济的命脉。但追溯起来，还得从农业说起，从长子继承权、圈地等等说起。贵族和乡绅都是大地主，他们的土地来自长子继承权（Primogeniture）。继承权使长子得以独占父亲的遗产、地位。其他的兄弟和姐妹，甚至母亲都得依靠长子的恩惠。仁慈的长子会照顾亲人，不仁的就由得手足母亲沦为乞丐般的贱民。成为庶子是不幸的，因为他们根本得不到同等的机会，例如教育。不过，这也有好处，既限制贵族的膨胀，又可逼令其他庶子另谋发展，开拓新路。而且土地维持完整、集中，比土地分割，更有利扩展。撒姆尔·约翰逊说得妙："长子继承权使每一个家庭只出一个白痴。"这个白痴如果稍稍懂得投资，没有恣意挥霍，那么土地只会不断扩张，像如今的连锁店，令普通的个体户难以竞争；再加上与其他贵族联姻，又可兼并女家的土地，如果他娶的女子凑巧又是继承人的话。可想而知，没有兄弟承继的独女，是多么吃香的婚姻对象。

英国贵族并不能享有欧洲大陆贵族的免税权，为免坐吃山空，他们必须从事经济生产。照传统的理财法，他们会把土地租给佃农，收租得益，但视野阔了，知识多了，就想到新的方法来利用土地，例如办理私家农场，生产庄园所需的谷物、蔬菜、肉类、奶制品、牧草和饲料。一七三〇年辉格党人唐森在荷兰取得经验，参照剑桥大学布拉德利教授提出的"四圃轮作法"，在农场实验，在同一片土地上，第一年种小麦，第二年种燕麦和大麦，第三年种苜蓿、裸麦，第四年种葡萄；四年一次轮回。这方法使土地不必休耕，让不同的农作物吸收不同的养分互补，又是种植业和畜牧业的结合，因为苜蓿是马匹深爱的食物。此外，又从外国引进农业新品种如玉米、马铃薯、荞麦等，结果成绩斐然，其他的庄园主也纷纷仿效。传统的佃农和自耕农因此逐渐消减，有的投入工厂，有的为地主帮佣。贵族虽然要缴税，但土地税仍然偏低，加上十八世纪大规模的圈地，土地都集中到贵族、地主手下。有了资本，贵族地主也懂得改造农业，增加收益，既会利用湿地排干积水，又在饲养家畜取得骄人成就，培养优质绵羊、食用牛，每年举行绵羊展览会，创办和赞助农业研究，鼓励发明。在法国大革命之前，英国首先推行了产业革命，而这改写了人类的命运。

一七五四年，“英国皇家技术学会”成立，在英国各地建立农学学会，推动农业。乔治三世在发病前特别喜欢阅读农学书刊，支持农业改革，所以被称为“农夫乔治”。

除了农业，贵族地主又投入另一事业：开矿。英国本来有丰富的煤铁蕴藏，他们兴建煤矿和铜矿，雇用大量矿工；为了物流，又修筑道路，建造码头，开凿运河。英国过去的水路交通，海外优于海内。十八世纪六十年代，布里奇沃特公爵（Duke of Bridgewater）修成了著名的沃斯利运河，长七哩[1]，将

1 哩：英里，1哩约等于1.60千米。

沃斯利的煤矿区和新兴城市曼彻斯特连接起来，因而暴富，并且被尊称为“内河航运之父”。大资本家使城镇区域扩大，打破城乡的隔阂，使城乡走向一体。交通畅顺了，地价相应暴涨，于是他们又从房地产获利。有了财富，就讲究享受，追求品位，于是兴建豪宅别墅，搜购珍奇古董、艺术品。

—汤姆少爷，你老站在窗前看什么呀，老爷和太太哪有这么快回来，起码还得一两个礼拜。

—玛丽安，你也来看嘛，窗子外面远远的那里，有一个四方形的东西，会发光的，显出一幅幅连续的图画，有时有字，还有声音。

—我哪有时间看，我要做的事太多，你看，整个木柜的银餐具要擦亮，每一条餐巾要熨平，还有床单、枕袋、桌布、窗帘，还有还有，太太的绣花裙子要换一条蕾丝花边。我呀，不到晚上一点还不能停手，哪有时间看东西。

—不不，只看一分钟，这是我们从没见过的奇异事物，好像变魔术，图画里有许多东西。有时是许多人踢球，有时是动物，狮子、老虎，花豹也有，有时是，哎哎，你看一群企鹅左摇右摆地走来……

—真的？让我看看……什么也没有喔。

—忽然就什么也没有了，一切都不见。真奇怪，外面黑漆漆的。

—汤姆少爷，你一定生病了。你的脑子会出现幻象。老爷太太回来后，要去请医生来了。

34

“圈地”是指园庄主把敞开的田地用篱笆、栅栏，甚至围墙圈占起来，圈起来的土地，部分原本属于自己，其他或多或少，是公有的，或者是农民的。中世纪敞田的耕作，平日集体协作，再各自收获自己的田畴；圈田令土地的划分明晰，当然较能调动工作的积极，肥瘠也有了不同的处理，成效比敞田好得多。英国的土地本来属于国王，英国的国王，一如中国的封建国王，把若干土地分封给亲戚和宠臣。亨利八世的宗教改革没收了五百七十六所修道院，这些贬落凡尘的土地，部分增益了王亲国戚，部分则卖给商人。土地可以世袭，由长子继承，没有儿子继承的土地，才交给女儿，也可以过继姐妹的儿子承继财产，例如简·奥斯丁的兄弟亨利就是过继子，继承了土地和大庄园。在英国社会，地产不单是财富，也是权力、地位的象征。

圈地的结果，是侵吞了公家和弱民，一概收归私有。楼宇房子有所谓僭建，圈地则是一种霸占。因为地主圈地，有时还动用暴力，拆毁佃农的房舍，把佃农赶走。而且圈占的不单是农田，还包括山林、水泽、荒地，这些公共空间，名义上属于国王，实际上，真是江山风月，本无常主，如今被贵族、地主强占，成为恒主了。但最大的问题是，围起来的田地，不再耕作，变成养羊的牧场，于是不再需要农夫，大群大群的羊，只需三两个牧人，一两只牧羊犬就行了，租佃农失业了，成为无业游民。

早在一四八九年，英政府曾立法禁止圈地，但一直禁止不了。到了十八世纪，圈地运动，不单没有停止，更变本加厉。土地改变用途，土地成为商品，是羊毛的利润有增无减的缘故。十五世纪之前，英国以出口羊毛驰名，随着本土毛织技术的革新，工厂的扩建，海外殖民市场的开拓，逐渐转为出口毛织品，从输出原料转型为输出成品，利润大大增加。到了十六世纪，毛织品已成为英国的一大经济支柱。所以圈地禁了几百年，反而越禁越烈。可是农夫呢？

十六世纪，汤玛士·莫尔在《乌托邦》中描写英国的圈地运动是“羊吃人”。羊怎么会吃人？吃的又是什么人？羊是吃人的，吃的是贫苦的佃农。因为佃农赖以维生的田地，整片整片被羊吃掉了。羊吃人，从十二世纪开始，吃了三百年，胃口大开，到了十八世纪土地更集中，产生更多的大地主；而全国的土地过半已变成了牧场。政府索性把圈地合法化，这时候纺织品的税收，已远远凌驾于农产品了。

失业的农民走投无路，部分从军去了，更多的汇入工业城镇，成为廉价劳工，男女老幼每天在织机和铁炉边工作十数小时。因为，根据英国法例，流浪等同犯法，流浪一个月而没有工作，判为奴隶。奴隶逃亡三次，即处以死刑，子女则当苦役。

35

农田改业牧畜，赶走了佃农，为城镇的工厂提供了大批劳工，但工人的命运比佃农凄惨得多了。当佃农，辛苦的是耕种，一家人却好歹能生活在一起，主妇下田之后，可以回到就近的家煮食，照顾孩子，小孩可以在空气清新的户外活动，自己也可以散养一些鸡鸭、猪羊，甚至识字读书。过去赤贫者可得教区或济贫会一点帮助。修道院解散，大地主兼并土地后，一度停止济贫活动，穷人完全无助。

工业发达，社会富裕，但富裕的只是新兴的资产阶级，劳工住的是工厂的棚屋，卫生条件恶劣，一个房间往往住十多人，睡在稻草上，没有窗，黑暗，潮湿，没有干净的水源。一家人聚少离多，工时长，疾病多，过的是非人生活。

工厂愈建愈多，而且建在河边，纺织业、漂染业、矿场，烟囱林立。煤渣、烟灰、废铁、化学药水、杂物，都倾注到河流去，而二氧化硫、一氧化碳都排到大气中。噪音混杂在民居。

这是经济起飞的后遗症，但真正的恶疾还要等三百多年后才爆发。

—丽莎，这次到伦敦去，好玩吗？

—très bien[1]，仍是看戏呀，参加舞会呀，逛街呀。我买了两个Chelsea[2]的跳舞瓷娃娃送给你，你看看，喜欢吗？是新产品。

—真漂亮，c'est jolie[3]，谢谢。Chelsea娃娃果然名不虚传，手工精致，颜色清丽，人物的姿态那么轻盈，样子那么甜美。摆在饰橱里最好，放在壁炉上也妙。

—可惜买不到时装娃娃。这一阵，法国很乱，做生意的人也不敢去，店里根本再没有法国花边和丝带。我们这里近来有什么新闻？

1 très bien：法语，意为“很好”。

2 Chelsea：切尔西，切尔西娃娃为芭比娃娃大家族中的一员，切尔西是芭比的妹妹。

3 c'est jolie：法语，意为“它好漂亮”。

—也没有什么特别。新出版的《淑女月刊》我替你买了带来，慢慢看吧。

—谢谢。新装修的房间，觉得怎样？

—很特别。

—门口风大，我想在这里摆一个屏风。

—好啊，何不自己动手装饰一个？拿报纸杂志的图画剪下来，糊在旧屏风上，用 **découpage**[1] 的方法，加上丝带，肯定会好看。

—就这么办，我们在学校学的手艺可用得上了。

—大花小花有没闯祸？

—没有，它们天天在花园追逐飞鸟，非常活泼、愉快。

—它们真的是非常、非常好的猫。

## 36

产业革命带来了英国前所未有的繁荣和富裕，同时带来了消费革命。这种新的消费观念，购物不是出于需要，而是为了炫耀，为了攀附，为了和邻人比较，与友朋争风，为了招摇。

---

1 découpage：法语，意为剪贴装饰。

于是一反传统的俭朴、节制、勤劳、正直、忠诚，变为奢侈、浪费、慵懒、欺诈、不择手段。家中不可再铺粗糙地板，必须用拼花砌木，加上地毡，墙上挂织锦帷幔，悬名家油画，壁炉是大理石雕饰。衣饰无不华丽，布料无不精致，连简·奥斯丁也常常为了买衣饰参加舞会，要向姐姐借钱。家居如此，出外更加排场十足，且看笛福笔下的《摩尔·法兰德斯》，女主人翁与第二任丈夫蜜月旅行时，僭称勋爵和伯爵夫人，乘坐豪华马车，携带穿着制服的马车夫、随从、仆人和侍童，招摇了一个星期，她的丈夫就破了产。

富裕的乡绅和没落的贵族联姻，后者为了财富，前者为了勋衔。当时的休谟认为，虚荣是“社会情感”，人人由他人来肯定自己的存在。整个社会鼓吹消费，更高的消费，也是十八世纪开始。他们不知道，能源竟会有匮缺的一天。今日的香港，不是出现了同样的社会现象么？追求名牌，连教育也成为消费，把子女送入名校，梦想嫁入豪门，向钱看。

十八世纪初，英国与西班牙之间长达三十年的战争宣告结束，双方媾和。英国取得美洲西班牙殖民地交易的垄断权。这时，一间名为南海的公司于一七一一年创建，取得交易权，作为利益交换，得为国家上千万镑的战争债务支付百分之六的年息。这公司的总裁由英王乔治一世亲自担任。一七二〇年南海公司申请直接经管国债，表示会将五千余镑国债中的大半转化为公司股本，并支付高额红利，竟得议会认可。国民以为鸿鹄将至，纷纷抢购股票，或以国债券兑换，本来128.5镑的股值，在半年内狂升了七倍。眼看势头不对，明眼人开始抛售，于是近千镑价值的股票迅速回泻至124镑。无数投机者破产。

—我在伦敦买了不少衣服哩，还有白手套、绣花袜、鞋子、手帕、扇子等等。这里的一些衣裙我不会再穿，都是你的了。

—谢谢您，小姐，这些裙子多好看。这次到伦敦去，好玩吗？有没有新鲜的事儿？

—有呀，伦敦的女子喜欢打曲棍球，手拿一支长长的木棒，头儿是弯曲的，而且是扁形，模样像个L字母。把球打进龙门算赢。

—那么小姐有没有去打呢？

—没有，因为这种游戏，不，这种运动，不是一个人玩的，而是一队人合作，和另一队人对垒，必须受过训练，又得穿特别的衣服。

—穿什么衣服呢？

—小背心，短的外套，裙子要窄，长度到小腿。

—鞋子呢？

—半跟鞋，皮的，踩在草地上。

—戴不戴帽子？

—户外有太阳，当然戴帽子，打伞不能戴大草帽，依然有加丝带和花束。

—女子打球，真是新鲜的事儿。

—球队常常不够队员，所以连服侍太太小姐的姑娘都要去参加。如果我去打球，你也会被拉去做队员哩。

—哎呀，当仆人也能玩高尚的游戏了。

—还有一件事要告诉你。

—好极了，什么新鲜事？

—你不是常常说看不懂乐谱？

—是呀，那得花时间去学才行。

—现在，有办法一看就懂。

—真的？请告诉我。

—就是简谱。本来，乐谱是五线谱，上面有升升降降的蝌蚪；简谱上只有1234567的阿拉伯数字，代表Do，Re，Mi，Fa，So，La，Ti，一看就会。你试试看，5654345……

—……So La So Fa Mi Fa So。

—可不是，容易吧，据说是一位音乐家韩德尔先生的发明。

—太太，大老爷和二老爷今天在家用膳吗？

—正要告诉你呢，布朗太太，他们白天在外面吃，晚上才回来。还有三个朋友来，一共六个人。

—那么就准备晚餐好了。

—二老爷在我们家要多住一阵，我们每天都加两个菜吧。

—依照这几天的做法，第一道菜七个，第二道菜九个，然后是甜品。

—很好。

—今天喝豌豆汤，不太浓，好吗？

—好的。

—主菜是烤凤尾鱼伴巴马干酪、烤牛腰肉伴柠檬带子、炸脆鳗鱼鳝、酿蚝面包、梅酱全鸭。

—二老爷喜欢吃牛肉。

—那就来个烧牛肉。要不要炖兔？

—火鸡也不错。

—第二道菜会是炖芦笋、椰菜花、西芹、青瓜、杂菜、大马铃薯布丁、草莓煎饼、杏仁班戟，各式小挞、馅饼等。

—餐后，我们会喝砵酒，以及咖啡。

—好的，太太。

37

不过，咖啡许多时是在咖啡馆里喝的，咖啡馆和酒吧是男人最爱泡的场所，茶是在家里喝的，尤其是在下午，在次客厅里，是女子们交际的场所。为了喝茶，形式追随功能，家具师特别设计了适应喝茶需要的家具：小巧的圆桌，轻易地移搬到房间的中央，四周围放轻盈的靠背椅子，众人围坐，而不是如现在的样子，因为沙发的发明，座椅成曲尺形，沙发前是一长方形矮茶几，人和人以直角式面对相谈。十八世纪人喝茶，用小茶桌，和饭桌一般高，喝茶就和吃饭一般，坐在椅子上。茶桌的椅子就是饭桌的椅子，而且远离墙壁。虽然，喝完了茶，聚会解散，椅子又会贴墙而放，回归原位。我见过这么一幅画：三名妇人围着圆桌喝茶，茶杯有碟子，但没有杯耳；这就和中国茶杯一模一样了，形状像小号的饭碗。这一切和中国多么相似，杯子没有耳，喝茶围圆桌而坐。小姐的闺房，有一套坐具，除了贴窗的玫瑰圈椅，房中央摆的都是圆桌，伴四至六张圆墩，没有沙发也没有矮茶几，除了贵妃榻。

每次喝茶，女主人带备茶叶罐，放在桌上，桌上除了茶杯，还有茶壶、水壶。茶叶罐非常讲究，有象牙的，也有银的。因为茶叶很昂贵。主人喝茶，女仆提了烧水壶在室门外侍候，或者，侍候的是一名衣着华丽的黑人小童。

英国人喝茶的习惯，由宫廷开始，查理二世复辟时，凯瑟琳公主从葡萄牙带来几箱茶叶作嫁妆。其后才直接从中国进口，逐渐形成贸易的逆差。至于在茶里加糖，加奶，成为流行风尚，不单上层社会爱喝，劳动阶层也喜欢，则要等到十八世纪。这是由于糖的普及化，从奢侈的调味品变成便宜的日用品，而这又和殖民地的开拓、奴隶的买卖挂钩。蔗糖是西印度群岛奴隶的主要产品。十八世纪末，英国国会已经有人提出法案，主张废除贩奴，甚至认为吃糖是一种罪行，因为那来自黑奴的汗血。但英国真是个奇妙的国家，讲道理，讲道德，但并不认为自由和平等是同样的价值，自由之得，有时是平等之失。

像莫尔那样全国尊崇的首席大法官提出“羊吃人”的警示，大家听了，很少人会不同意，但继续放羊吃人。因为吃的只是下等佃农。可是他在《乌托邦》里主张向外移民，建立殖民地的构思则大家不但同意，还努力付诸实践，更获得政府的配合，由政府颁发特许状，让贵族及商人在海外的领土获得殖民和贸易的特权。

伊丽莎白一世时代，英国的航海事业远远不及西班牙和葡萄牙。女王于是宣称海洋和空气，人所共有。这是为海盗行为开路。身上留有维京人血液的英国海盗终于听到远祖的号召，开始抢劫西、葡商船，而国家则在岸背支援，大量投资。成功的海盗还论功行赏，赐封为骑士。既然有名利可图，于是更多的英国人出海冒险，向地中海、印度和北美拓殖，并且迅速成立经营公司，其中最著名的是东印度公司。

殖民地的好处当然数之不尽，即使对流民和罪犯来说，也是远离炼狱，靠近天堂的出路；他们在殖民地取得在祖家没可能取得的权力、尊重。在印度做几年小官，回到祖国就成为富户。殖民地既是原料的产地，又是商品的倾销市场。比如说，西印度群岛出产烟草和蔗糖，这些种植园需要大量的劳动力，由此又促成贩卖人口的惨剧，数以百计的船只定期由非洲把黑人运来。成千上万的黑人，挨过船上的人间苦海，活得上岸就终生为奴。开拓北美时，新移民又杀害了多少旧居民呢。拓殖所得的财富如果有味觉，那肯定是血的腥臊。这岂会是一生耿介、憨直的莫尔先生始料所及？

英国人喝茶，竟然喝出个日不落的帝国，但也因为茶的税收，激发波士顿茶案，产生美国独立战争，结果失去北美的殖民地。

## 38

—我们从伦敦回来了。买了一些书，这一本送给你，谢谢你这些日子的安排。没想到我也会送书给你吧。

—谢谢。书很重喔，这么厚。看看是谁的著作。哎呀，斯特恩的《项狄传》。

—希望你喜欢，或者你已经看过。不过这是精装本，还有许多漂亮的插图。

—罕见的版本，这本书我很喜欢，因为太特别了。

—写法很特别，和约翰逊博士、斯威夫特、菲尔丁、笛福都不同。

—约翰逊博士一板一眼，写道德文章，他的《拉塞拉斯》是个训道寓言，讲寻找幸福的道理，人物都不过是道理的化身，都是同一样的腔调。

—《拉塞拉斯》，在伦敦可是人手一册啊，他的文字很精练，要学英文这可是最佳范本。其实，讲道理，有什么不好？故事不是要讲道理么？

—法国的伏尔泰差不多同一时候也写出一本相似的《戆第德》，但用了讽刺、揶揄的手法，收结告诉读者，与其夸夸其谈，不如经营自己的园地，务实做好自己的工作。

两本书总有许多人拿来比较。

—恕我还没有看到。《戆第德》？那我的书房是否也应该有一本？

—马上找来。斯威夫特和菲尔丁同样是讽刺大师，嬉笑怒骂，技艺超卓。还有这个你送给我的斯特恩。

—那我们彼此都有礼物了。这个斯特恩，很有趣，他说要写项狄的生平和见解，结果呢，生平只写了三五段，不过是怀孕、出生、窗框意外事件。五岁之后就不见了踪影。至于见解更少，全书只是他爹爹和叔叔的见解。他又爱跑野马，一下笔就不知跑到哪里去了。我们一生都在寻找一本适合自己的书，我想，这一本应该适合你的口味。

—对啊，谢谢。这种写法受大卫·休谟“观念联想”的影响，表现心理意识和瞬间感受，后来就是意识流。作者要写的不是一条浩瀚的长河，而是点点水滴，不断歧出、打岔。我们的一生，可也不是一条笔直、既定的河流。如果斯特恩先生身体健康，又够长寿，他必定不止写九卷，而是九十卷，九百卷。项狄的生平和见解就会在这里那里出来了。

—那我们也得读一辈子。

—对了，这么有趣的书，闲来翻翻岂不愉快。只是读者得有作者的学问，如果不是生活在作者的世代和地方……

—趣味肯定大打折扣。当然，隔个距离，也可以看到其他东西。到了伦敦，我才知道我们最流行的作家其实是笛福。

—他呀，的确是出色的小说家，可是心态和思想，都有问题。

—你指他对时事的评论？

—《鲁宾逊漂流记》。

—就这本？

—就这本，尤其它的续集。

—续集？鲁宾逊到哪去了？

—到了中国。

—又漂流了吗？

—不是漂流，而是去做生意，你知道，笛福是生意人，喜欢做买卖，赚钱。

—商人赚钱可以令国家富裕；出于自利，寻求改善生活素质，是天经地义的事，对不起，这有什么问题？

—你一定读过亚当·斯密的《国富论》，这可能是十八世纪留下来影响最大的一本书。说来贵国真了不起，十九世纪后另一位长着大胡子的先生在英国又写出另一本影响世界的书。斯密先生讲什么人人努力提高产业，希望获致最大的价值，于是无意之中也提高了整个社会的收入。这种无心之得，其实出自人人自利之心，受无形之手引导，始于自利，终于互利。于是自利，有何不好呢？

—但何谓“无形之手”？

—《国富论》里只提到一次，难怪你没有留意，那是指在自由、不受干预的环境下，经济有一种自我调节、完善的机制，这只手会指引全国走向富强的方向。

—看来你也读过《国富》。

—谈不上。斯密强调的是，政府不要限制、干预经济的运作。干预，就会打乱这种规律。他的另一本书《道德情操论》论述公义，要发扬公义，让买卖双方获得公平交易，就像体育精神，要公平竞争。这是对《国富》的补充，避免商人从自利走向自私。他讲分工，讲自由贸易，对了，不单国内要自由贸易，也要国外自由贸易。

—国家要保护人民的私有财产……

—自由贸易带来经济的繁荣。但要搞清楚，英国并没有真的推行自由贸易，要等到整个经济局面成熟，不怕竞争，才贯彻鼓吹不干预；那至少要等一百年后。新兴的美国，更要经过三百年漫长的保护政策，才夸夸其谈自由贸易。十八世纪的自由贸易，是对经济落后的国家讲的。笛福的鲁宾逊就是这种心态到中国来做生意。

—我看不出有什么不对。

—他的货物，竟有鸦片。这是贩毒。

—贩毒？

—鸦片一直是禁品，不是我们中国人的一杯茶。笛福其实从没到过中国，却在续集中借鲁宾逊之口把中国极尽诋毁，建筑、服装、家具、港口、船只、军队、宗教，统统一无是处。他看得上眼的只有陶瓷和长城。但他写长城，却是一副侵略者的眼光，说根本抵御不了炮火。建造长城，是为了抵御中国人自己发明的火药么？约翰逊博士同样没到过中国，但讲长城，就客气得多。他又断定中国人无知、肮脏……有时候，自利和公义是会产生矛盾的，特别是在自由贸易的口号下，这个国家强加之于另一个国家。

—我没有看过续集。

—对不起，大概你也不想再看了，但在十八世纪，肯定有不少英国人看过，他反映也影响了不少贵国的同乡，大约一百年后，就发生了鸦片战争，香港之成为香港，由此而来。

—鸦片战争，香港？

—我城。

—？

## 39

十八世纪是英国人富裕奢侈的时代，但富裕起来的主要是新兴的商人，他们大多靠经商发财，包括正当的海外贸易以及不法的走私。英国在殖民地搜刮了不少钱财，那时候的伦敦、布列斯托和利物浦，货船每天吞吐大量的出入口商品，又是繁忙的贸易中心。英国成为三角贸易中心：船只从英国海港运载枪械军火、纺织品到西非，在当地换上一船奴隶，再运到加勒比海英属殖民地的糖厂当廉价劳工。数量多至二千万黑人，途中起码死掉一百万人。劳役时，又不知死了多少人。这些船只回国时载的是蔗糖、香料、朗姆酒和烟草，而黑奴更加是好生意。异国情调疯魔了上流社会，从国王、贵族，到暴发户，无不炫耀自己的财富和品位。而黑奴忽然吃香起来。

当然，英国殖民官在印度享尽了荣华富贵，仆役成群，这风气吹回祖家，家中除了一般的白种仆役外，买一两个有色人种更显得尊贵，于是印度人成为银行门口的守卫，黑人成为马车的御者、餐厅的侍役。上流社会尤其喜欢黑童，非洲小孩在家庭中似乎比成年的黑人更讨贵妇的欢心，仿佛他们像王族一般，养了小丑和侏儒。黑童是买回来的，给他们做两套织锦的制服，镶上金缎带和流苏头扎布巾，插一支羽毛。贵妇们都说：真有趣呀，真漂亮呀，把他们当作活的玩偶，让他们随侍在侧，烧水冲茶，递送食物。家中有个黑童，身价又高了许多。每个黑童的颈上都系挂一个颈圈，像名犬，上面刻着主人的名字和地址。他们是无法逃走的。黑童长大了，就不再趣致了，也许就当了随马车的侍从，主人出行，在前向导，这又是上流社会的排场。英国的有识之士，为了废除人口贩卖，经历了三十五年的努力，才在一八三三年取得立法，竟还要用纳税人的金钱去补偿奴隶主。真要反映十八世纪中产家居的生活，乔治亚房子里就该有一个黑童了，提着一个水壶，匆匆拿到女主人的沙龙去。我们反映现实，该反映到什么程度？

—爱德华，你真的决定要离开？

—是的。

—你知道，你是可以住在这里的，你要住多久都行。

你原本可以作为小汤姆的导师，他放假回来就教他读书，其他时间，如果你不介意，也可以在花园里帮帮忙，反正你自小就喜欢园艺，我保证你的年薪不会少于一百磅。

—谢谢好意，但我想有一个人的生活，自从美洲回来，我就一直这样盘算。

—我认识邻郡的园庄主人约翰先生，一个很受敬重的人，我在欧洲时认识他，我可以写封信给他，安排你到他的教区去，年薪也不会少的。

—感谢你替我做的一切。

—我们是兄弟嘛。

—但我还是想出外闯闯。

—出外？你要到哪里去？

—伦敦，或者其他地方，我会到城市去。

—你找到工作？

—总会找到，我还年轻。

—你的腿好了吗？兄弟，仗可不是你打输的。

—不，迟早我们会输。

—真的？告诉我一些美洲的东西。

—那是一场远离我们的独立战争，这战争也把我改变了，我受伤时获得一家农夫收容，把我收藏在牛棚里，替我疗伤，给我食物，然后送我上路，回到部队去。其中一个黑人，成为我的好友。

——一个好心的黑奴。

—对我来说，他是一个比许多人更自由的人。

—真的？……你还没有回答我的问题。

—什么问题？

—你的伤真的好了吗？

—啊，好了，谢谢，从没有比现在更好的了。

—你离开前，可要来多住几天，而且你一定要多写信，答应吗？

—答应。

## 40

—叔叔，你的腿伤好了吗？

—差不多好了。只要不再奔跑，我不是跟常人一样吗？

—你的奖章漂亮极了，你真的把敌人杀死了吗？

—打仗就是这么一回事，军人的工作，我告诉过你，这可不是什么光彩的事，我也不是什么英雄，他们看来是那么年轻，而且跟我说同一种语言。

—你也受了伤。爸爸好像很生气，是因为我们打输了？

—我们失去了美洲。但汤姆，到你长大后，你就会知道，事情复杂得多。

—有多复杂，叔叔？

—到你长大，你也会到外面去看看，你会发觉天地之大，无论你居住的地方大小，无论肤色、种族，甚至无论是否相信同一个上帝，我们都是平等的，我们都有同样的权利，生存和发展的权利。我那次受伤，晕死了过去，幸好有一户农家把我拯救过来，带回家去了，他们为我疗伤，直到我精神好多了，才把我送回部队去。

—好人是有好报的，叔叔。

—对。告诉你一个秘密，汤姆。

—好啊，这就成为我们的秘密了。

—我几乎想留下来。

—叔叔，啊，你在写信，不打扰你了。

—不不，请进来，汤姆，我写完了。

—这么多页纸，叔叔，你要写很多信吧。

—不是写信，我是给报刊写稿。

—稿是什么？

—就是文章，写好了在报刊上刊登，给大家看。

—我知道，报纸上有新闻消息。

—除了新闻，还有许多别的文章。像游记啦，故事啦，音乐、美术、戏剧，以至时事的评论，等等。

—你写的是什么？

—写扫烟囱的男孩。

—写些什么呢？怎样扫烟囱？

—不，写他们受到残害，因为他们大多年纪小，才四五岁，就被逼爬进窄狭的烟囱去清理。烟囱很窄，又肮脏，长期在内里干活，会扭曲他们的发育，令骨骼变形。烟囱的尘垢很厚，会使他们窒息，会生“扫烟囱人癌”，他们扫下的尘垢又重，每次每袋二三十磅。小小年纪多么辛苦。

—那为什么还要做这样的工作？

—为了糊口。即使有了这种不人道的工作，他们仍然穷得常常吃不饱，住得不卫生，工时长，生了病，受了伤，也不会有钱看医生。

—真可怜。

—他们也是人，也应该和你一样，有爸爸妈妈疼爱，上学读书。

—叔叔，你有很多稿子要写吗？

—是的，因为我们的国家正面临许许多多的转变，出现许许多多的问题。

—这一篇写的是什么？

—是讲纺织厂。纺织厂需要大量女工，但人手不足，所以用了年纪才七八岁的女孩子。这些女童工，每天早上六点上工，晚上八时才放工，中午只有一小时午餐。食物没有营养，工厂内温度高，环境肮脏，每周工作六天，工资只有一便士。

—有什么办法帮忙她们呢？

—理性，是最有力的武器。我想，把她们的遭遇写出来，让大家关注，也是一个办法。

—让大家关注？

—希望唤醒大家的良知，改变这么残酷的社会。

—将来的社会会变好吗？

—会的，当然会，但人类必须努力。

—我看世界会越来越可怕。

—汤姆，你怎么会这样想呢？

—我不知道，也许是梦见。

—应该乐观地看，我写文章，就是认为人间还是有希望的。

## 41

启蒙运动思想家挑战封建社会遗留的政治及宗教专制，以及种种陈旧陋习、迷信，代表人物为法国的孟德斯鸠、伏尔泰、狄德罗和卢梭；英国则有洛克、莎夫茨伯里伯爵、牛顿和达尔文。都是十八世纪留给后世的资产，名单还不止这些。奇怪的是，其中那位对封建社会什么都看不顺眼的卢梭，对封建社会歧视女性的观念却完全接收，并且大力表扬。一七六二年，他竟然在《爱弥儿》中认为没有女人，男人仍然存在；没有男人，女人的存在就成问题。女子一生的教育，他写道：是要取悦男人，贡献男人，赢取男人的爱和尊重；要哺育男人，照顾男人，安慰、抚慰男人，要让男人活得甜美愉快。

生活在英国的玛丽·沃斯通克拉夫特（Mary Wollstonecraft, 1759—1797）并不同意。女性主义的第一笔，要从这女子写起。她本来有一个富裕的家庭，父亲继承一笔遗产，但酗酒，虐妻，又不肯努力务农，以致倾家荡产；这也证明并非拥有土地就必然致富。玛丽被双亲漠视，艰苦地独立挣扎，靠自学获得知识，养活自己；她并不需要依赖男人。她还储蓄一笔钱，在伦敦北部开办一所女子学校。她认为女子必须受教育，但不是卢梭鼓吹的那种教育。她的朋友，都是当时特立独行的知识分子：威廉·布雷克（William Blake）、汤姆·潘恩（Thomas Paine）、出版商强生（Joseph Johnson）、华兹华斯，以及她后来的丈夫威廉·古德温（William Godwin），等等。

她早期的作品包括小说《玛丽：一篇小说》。但最畅销的还是《妇权辩护》，成为女性主义最早的经典，书中认为女性应有独立工作之权、受教育之权、享有公民及政治之权。她反对家庭暴力，反对女子受偏颇的教育而成男人的玩物，或困在笼中的金丝雀。玛丽在追求自己的爱情，很多波折，其后生下女儿，因产妇热病过世，她这个女儿也叫玛丽，是诗人雪莱的妻子，后来，只有十八岁的她，写出第一本反映科技革命诞生的科幻小说:《佛兰肯斯坦》（*Frankenstein*）。

十八世纪，由于报纸、杂志盛行，读者众多，文章不乏出路，普通装的书本相对便宜，销路很好，例如过去《失乐园》的作者，酬劳只得数镑；到了《汤姆·琼斯》，则为七百镑。斯威夫特自己编过《考察员》（*The Examiner*），约翰逊博士办过《漫游者》（*The Ramble*），等等；女子写作可以赚得稿费，自力更生。沃斯通克拉夫特在第一本著作《女子教育》中讨论女子的出路，认为太狭窄了，决定要以写作为生，自称要身体力行，做“新品种的第一人”。而这个第一人，写的可不是流行小说，而是政治、文化的思辨，女性的问题，和当时最出色的思想家论辩。她的《男权辩证》即是回应艾德蒙·柏克（Edmund Burke, 1729—1797）对法国革命的议论，指出共和政体比君主政体优胜。

一百年后，吴尔芙在一次演讲中，谈到女人的职业，举自己的体验为例，如果她要写书评，就先要杀死一个叫“房中的天使”的幽灵，因为每当她执起笔，这天使就在背后，向她喋喋不休：你评的是一个男人的书，你要温柔，要讨好他，要使出女子的伎俩和把戏。这可见十八世纪的沃斯通克拉夫特多么不简单。

—对不起，希望没有打断你，卢梭先生对女性的看法我们也很难完全认同，幸福应该由两性合力创造，对不对？可是，沃斯通克拉夫特女士对法国革命的意见，我也不敢完全接受，认为那就合乎理性。

—啊，乔先生，是吗？

—柏克先生认为人类建构的文明，是有价值的，不能任意破坏，我们当然要改进，但必须以安定做前提。安定，然后才能繁荣。法国的革命，流血、暴力，会怎样走下去呢？英国有自己的路，当年威廉和玛丽登位，通过《权利法案》，肯定了人民的各种权利，例如可以自由请愿，自由发表政见，这是一个宽容社会的基础。后来，又通过一系列的法案，把军权转移给国会，又容许宗教自由，更重要的是，其中一个叫《叛国法》，君主不能以叛国的罪名加诸异见者，等等。这是“光荣革命”的成果，革命，不一定非流血不可的。

—是的。那么柏克对美国独立的看法呢？

—他主张让殖民地独立，也是秉承了我们的自由传统。

—并不矛盾？

—并不矛盾。你对英国的历史很用功，但对不起，你到底并不是英国人。你忘了我们也有过共和政体的日子。

—克伦威尔的清教徒政权。

—克伦威尔是伟人，我们绝对不会否认，但你认为共和政体是我们的失乐园吗？

—我的确不知道，我怎么会知道呢。

## 42

十八世纪男孩和女孩的教育不同，前者学的是知识，后者只习技艺。孩子年幼时在家中由保姆照顾，家庭教师教导。男孩到了七岁，就去寄宿。周末回家，有的则十三岁入学，一年半载才回家一次。许多贵族和乡绅认为公学教育不佳，宁愿聘请有学问的人在家教子，像汤姆·琼斯的情形就是。但有的家长认为公学更好，因为同学非富则贵，将来必有帮助。男孩要学的是拉丁文、希腊文、法文、地理、历史、数学，以至宗教、经典文论、文史典籍、舞蹈、剑击。品格则以绅士为佳模。

女子也有寄宿学校，学的是歌舞、音乐、绘画、语言、文学、地理。技艺方面特多，包括刺绣、缝纫、剪纸、蜡染、玻璃彩绘、贝壳工艺。此外也重视谈吐技巧和各种礼仪，关注所有优雅和时髦的事。在学校里，大家要讲法文。受教育的人渐渐增多。十八世纪，除了原来的贵族，新冒出来的乡绅，也有足够的财力支付子女昂贵的学费。当然，没有受到良好教育的女子仍然众多，文盲也不少，而穷家女的出路是成为女仆、工厂女工、管家，以至家庭教师；个别成为作家。

从十八世纪开始，英国比其他地方，包括欧洲大陆，出现了更多的女作家。阅读小说流行起来，买书的女性多了，特别爱浪漫故事，像理查逊的作品。

—玛丽安，这是你看的书？

—少爷，我无论怎么忙，在睡前也翻翻书。

—你真好学。

—你也要努力读书。美洲独立了，你知道，有位黑人成为了美国总统的顾问。他是不识字的，为什么要识字呢，反正还不是要做奴隶。他改变主意，狠下决心识字读书，是因为他无意中听到女主人向男主人投诉，认为男主人不该教他识字，识了字，她说：就再做不好奴隶这工作了。

—玛丽安，我可一直不当你是下人，当你是朋友。

—汤姆，我知道。

—那你看的什么书？

—一位新作家的小说。

—有写美国独立战争么？

—没有。

—有写法国大革命么？

—没有，这一本没有，但是否一定要写，要证明她关心时事？

## 43

德国黑森玩具博物馆（Hessisches Puppenmuseum）位于法兰克福东北的哈瑙。看馆的是两位老人家，大概是退了休的义工。馆藏循例有大量玩具熊，但娃娃屋也不少。最多的是房间盒子，而且是厨房，厨房不是早期黑沉沉的，而是光亮明丽，以蓝白为主，并且有娃娃在内工作，娃娃漂亮有趣。除了厨房，又有很多店铺，也都是娃娃看铺，不是成年的玩偶。卖藤篮和食物的摊子尤其可爱。店铺都有许多抽屉。最特别的玩具屋是一座三米乘二米的大屋，由玩具厂Mini Mundus设计布置，成为永久的展品。全屋四层，地面有十六个饰橱，二、三楼分十七个部门，全都是商店，顶楼有咖啡室。玩具屋的商店几乎都有：婚纱部、服装部、衣帽部、内衣部、珠宝部、瓷娃娃部、瓷餐具部、面包部、蔬果部、鲜鱼肉部、画廊、乐器部、古董部、地毯部、家具部等等。

慕尼黑玩具博物馆（München Spielzeugmuseum）在玛利亚广场，本来是旧市政厅的钟楼，既是钟楼就有许多盘旋的楼梯，幸而有电梯。展厅分布三层，小巧玲珑，中间和四周是展橱，团团绕一个小圈，一忽儿就走完。最多的玩具是毛熊，镇馆之宝是玛格列·史蒂芙的原作，她最初做的是象，作为针插，小朋友见了喜欢，她就做了象和熊。现在的史蒂芙产品还有兔子、熊猫等等，当然，左耳朵上都有钮扣标志。泰迪熊一百岁了，已成名牌商品，大量制作。不过当今做得最出色的毛熊，那种手制、独一无二的艺术毛熊，我看仍然出自德国人之手，例如玛莉·鲁宾逊（Marie Robinson）。我曾因为看她的毛熊，长途跋涉到欧洲去。慕尼黑玩具博物馆的娃娃屋也是以厨房居多，而厨师则是玩具熊哩。

巴伐利亚国立博物馆（Bayerisches Nationalmuseum）也在慕尼黑，展品以巴伐利亚的历史及民俗为主，旁及娃娃屋和房间盒子，可以看作玩具，但也反映历史的生活。馆内本来有不少娃娃屋，但我参观时二、三楼正举办音乐家瓦格纳的专题大展，娃娃屋只好让位。不过，二、三楼展出瓦格纳，四楼又有专题展，是玩具展，许多精品又出现了，包括大娃娃屋，古典洋娃娃和各式各样的玩具。我最喜欢的是两间店铺。一间卖针线帽子，本是三折屏式店面，特别之处是两侧外壁也延伸为商店部分，用板隔成储物的空格，使店铺增加了一倍展品的容量，值得借镜；另一个铺位却是封闭的，只有两扇打开的门，露出中间的柜台和背后的壁架。这样也好，货物贵精不贵多，而且，门一关上，可以防尘。这个展馆另有两个不可错过的展场：地库是“圣诞场景”专题，大概有一百多个设计，人物众多，场面之壮观，天使之华丽，叹为观止。另一展场则是同样精彩百出的木偶，从古至今，各种造型都有；每个橱窗都是舞台。这个木偶戏展场相信是世界最大的，单是展馆就比一般的博物馆大。顶楼还有乐器专馆，竟还网罗了不少中国乐器。星期天一早见不少人在乐器馆急步走过，我也跟随凑热闹，原来马上要举行演奏会，转眼坐满了一百多人，演奏的竟是现代派音乐。

我喜欢的还是纽伦堡。在我的印象中，纽伦堡是个非常肃穆的城市，因为那是第二次世界大战后审判纳粹战犯的地方。原来是个玩具城哩，从中世纪开始，就以玩具著名。从火车站出来，走过小马路，已经有一条手工艺村落，里面有几十家连在一起的矮屋子，家家都做手工，木雕啦，铁片剪影啦，小木偶啦，泥娃娃、布娃娃、毛熊……耶诞市集一连两个星期，广场上都是小摊子，摆满玩具、小食。大雪纷飞的晚上，在摊子间游逛，喝热酒，吃香肠，一片欢乐的景象，如果身体许可，真想每年都来。

纽伦堡玩具博物馆（Spielzeugmuseum Nürnberg）五层高，娃娃屋都在二楼。馆中的娃娃屋有两大特色，其一是房间盒子都分隔为二，于是就有厅堂和睡房了。其次是采用德国家具，可与英国十八世纪比美；不用壁炉，用独立绘花瓷面火炉，显得轻松活泼，壁炉则严肃沉实。有些屋子顶楼辟为晾衣场，这点和荷兰相似。

纽伦堡另一展出娃娃屋名作的地方是日耳曼国立博物馆（Germanisches Nationalmuseum Nürnberg），由许多分馆组成博物馆区，中分一条第二次世界大战后的正义之道，两旁一排立柱，每柱代表一个国家。正义的尽头，出现一座苹果绿色斜屋顶房子，这就是著名的纽伦堡娃娃屋宝库。其中两件镇馆之宝在地面一层展出，楼下展场约四百呎阔而已，室内的展品只有十多件，但十七世纪的珍品《史笃玛》（*Stromer*）与《宝姆勒》（*Banmler*）就在其中，二者相隔三米，面对面。看到实物才知规模，二屋都高大如衣柜，单是一间房间就是一幢娃娃屋的空间，展品前有脚踏，站上去仍看不见三楼的地板，更不用说桌上的摆设。房子大，所以楼下左右都可间隔成四个房间，供仆人居住、贮酒和养马。《史笃玛》的特色是楼上有栏杆，室内无人；《宝姆勒》则有两个厨房，楼下有店，门外有花园和邻居，人物衣服华丽。其他的展品也都是年代古远，陈设精致，不愧名馆。

纽伦堡厨房举世闻名，指的是十六、十七世纪的厨房，一切的用具、餐具全数坦露，沿壁悬挂，摆至地面。地板砌砖格纹，烧灶，有大烟罩。颜色较深沉，褐色，用具以金属的铜、铁皮、铁、锡为主。到了十九世纪末，厨房渐渐光亮，以蓝与白为主调，用具也改为搪瓷了。

## 44

—你是谁？

—你是汤玛士吧。

—你怎么知道我的名字?

—我知道的事情多着哩，我是百丽菲。

—你的头真大。

—这是相对而言，我也可以说，你的头真小。

—你的眼睛又很大。

—岂止大，我的眼睛还会变色，你看，蓝色，绿色，粉红色，粉紫。

—哎呀，你是个妖怪。

—我是妖怪?你是什么?

—我是人。

—错，我们都是人偶，把我们放在这座屋子里的那个女子才是人。

—我是人偶?

—你的麻烦来了，当你追问：我是什么，就没有好日子过。

—我是人偶，不是人?

—人是有生命的，会生老病死，人偶不会，你不会，我也不会，我们都是根据人的形象塑造，你是木头做的，我则是树脂。

—我不是人?

—不是人有什么不好。人可不是一切生灵的唯一界定。我们不会生病,只是破烂;不会死亡,只会腐朽。不会自相残杀,不会为自相残杀想出许许多多的借口,连我们这些玩偶,也可以成为人类彼此仇视争斗的工具。我们青春常驻,大不了是过时;这是人的口味问题,变得也真快,也许是因为他们的生命太短暂吧。我们呢,没有意外的话,可以活几百几千年。

—为什么我是玩偶?为什么我住在这座古怪的屋子里?为什么你会从天而降?

—不要问,不要问,许多事情不是我们可以明白的,你问问人类吧,他们也没有明确的答案,只会越说越复杂,结果纠缠不清,然后又互相吵闹。你就当是冥冥之中的命运吧。

—命运?

—就是懂得你的条件限制,明白自己的优劣。譬如我搬到这里,就不是我的意思,我多么渴望住的是大屋,漂漂亮亮的让人欣赏。但我们既然恰巧在这个时间这个地方邂逅,何不也愉愉快快地相处。来,还是帮我把门外的行李搬进来。

—行李？你带了多少？门口都给堵塞了。

—十七个衣箱，不多。你以为你会比我少么？

—真需要这么多衣服？

—不算多，两箱帽子，两箱手袋、鞋子、袜子，一箱内衣，一箱首饰，两箱毛衣，两箱裙子，两箱衬衫、西裤，两箱大衣，每一件我都喜欢，一箱假发……

—真花哨。

—我是著名的时装娃娃呀，开过多次时装展，时装摄影展，出过许多本写真集，不像你，永远只穿一套衣服，款式老套，和你父亲一模一样，丝绒裤，丝衬衫，小背心，长外套，只有假发上少了两个耳边的春卷。是衣服穿你，而不是你穿衣服。你到世上来为的是什么我不知道，我也不关心，我呢，我是为了漂亮的时装，年年换，季季换，日日换，我就是百变百丽菲。

—百丽菲，你可知道，这是我们乔家的房子吗？

—当然知道，但可不要把我当成入侵者好不好？你以为你还生活在封闭的农业社会么？何况，我也不过是暂时寄居一下罢了，谁又不是呢？

—那么到这世上来又有什么意义？

—意义？人出生了还不是走向死亡，我们呢，走向腐朽。所以还不如做好自己的工作，小伙子，你看，我喜欢我的工作，我做得多漂亮。

—你说是人造我们的，那么又是谁造人呢？

—这我可不管，人是喜欢游戏的动物，十七世纪的巴洛克，十八世纪的洛可可，都是游戏，人，就是游戏的动物，Homo Ludens，游戏就是人的本质。哈哈，人自己会否成为其他什么的玩物，有何不可？你可不要扫兴，破坏游戏。

—即使是人偶，我也要做一个有意义的人偶。

—你也许听得太多童话，听疯了。

## 45

十八世纪的大庄园，改变的不单是房屋的形貌和室内的装潢，还有户外的园林；这时期，英国才开始造出自己的园林。从十五世纪起，英国的园林模仿意大利的式样，采用布局严整的图案，用人工的方法，把园地分成几何图形：四方形、长方形，或者辐射形。到了斯图亚特王朝，由于和法国宫廷关系密切，法式园林兴起，请来了法国的园艺家，设计精美的花坛，又有喷水泉、树篱、迷宫，以及玫瑰园、月季园，又多雕像。

此外是一大片草绿的坡地。

十七世纪查理二世复辟后，则带来了他熟悉的荷兰趣味。荷兰人住在运河两旁，并没有广阔的土地营造大园，他们就在屋后小小的土地上建园，这些园和中国的宅第的后花园相似，占地不多，只属小品。中国私家园林以曲折多变、移步换景、借景、障景见称，荷兰的则是一目了然，而且方方正正。但荷兰花圃的特色是刺绣式园圃密集，整齐，图案化，而且花式繁多，既然细小，就特别精致，真像一幅幅出色的花毡。

英国人不久就发现刺绣花园并不适合他们，因为有钱人的房屋大多建在山林之中，有的是土地，无需分成一格格的花圃，再围以墙垣；他们也不再喜欢人工化的植物雕刻。他们摆脱既有的造园规律，回归大自然。大自然就是园林。大庄园于是都变成大牧场，可以骑马游玩，简朴，野趣，树木由它生长，不要修剪、扭曲。

这时候，英国的园林也受到另外一股新的冲击，即是中国风。中国风使英国的室内装潢起了变化，满墙山水人物，陈列也多了中国青瓷器。十八世纪的中国，乾隆正在为圆明园大兴土木，传教士在信中把中国园林的情况传达回国，说中国花园就地取材，园中的树木没有球形塔形圆锥形，而是自然生长，不加人工修饰；园中又有山有水，有亭有桥，和山野的情趣一致，是把自然山水带入园中。宁取乱石，而不要整齐的石块，宁可弧线而避免直线，宁可曲折离奇而不可一目了然。水道蜿蜒，山石凸凹，仿效天然。不求相同，要相异，反对称。

当时出了几位园艺家，他们的作品可以和建筑师、家具设计师互相辉映。第一位是肯特（William Kent, 1685—1748）；他摒弃了对称的花园，要求和自然环境融合。这是庄园的牧场化。那些几何形的水池、绿树的篱笆、喷泉，都不见了，小径也变得蜿蜒多姿。他本人是画家，在自然风景中仍然讲究焦点，于是少不了要点缀些景点。他造的园，仍不时出现人工建设。

另一位布朗（Lancelot Brown, 1716—1783）则是改园师，英国许多大园都经过他一手改造。不少园林虽和自然融合，可是分界线仍是明显的，并非来自树篱，而是在地上掘了壕沟，美称为隐垣。隐垣本来是布里奇曼（Charles Bridgeman, 1690—1738）的巧思，好处是既能分隔园内园外，视野又不受阻挡，在园里极目，颇有中国园林借景之妙。布朗索性把隐垣全部取消，由大片的草坡替代。布朗重视水，园中多修筑湖泊；为了追求野趣，他竟把农舍、菜园、禽栏、马厩、杂院、下房都搬离主宅。如果他读过《红楼梦》，可能会有启发，那么典雅的大观园，还得建个“稻香村”。他有一个“能人布朗”的外号，这是因为他总是满怀自信地对人说：大有可能。

第三位是钱伯斯（William Chambers, 1723—1796），跟肯特一样，也要在园中加添景点建筑，他曾游历中国，受中国园林影响，就建了宝塔。不过他对佛学认识不深，在丘园（Kew Garden）中把浮屠加建成十级。钱伯斯认为布朗的园林自然有余，园艺不足，几乎和牧场没有分别，造园，就要改造自然，要高于自然。因而引起绘画派和自然派之争，又有中英园式之辩。其实，英国的造园大家都擅长绘画，不过对自然的看法有别而已。十八世纪初，诗人蒲柏在《论绿色雕塑》中就反对剪树艺术（topiary），认为裁剪树木乃违反自然生态；他催生了英国园林的改造。

钱伯斯之后的雷普顿（Humphry Repton, 1752—1818），则继承布朗的理念，更进一步，追求视点的变化，可以说他才大略明白中国园林之妙，他造的园就有中式动态的形构。以前英式观园，是定点式的，几乎一目了然；中国人可不是观园，而是游园，是游，是散步，一步一景，到雷普顿才有所体会。

46

建筑和装饰黄金时代的十八世纪，有了华丽的宅邸，精致的家具，就需要名家的绘画来点缀了。这时候，有好几个名画家可以选择，他们都擅长肖像画。一般人的首选，是雷诺兹（Joshua Reynolds, 1723—1792）。他到过意大利，临摹和研习文艺复兴大师的风格。许多人找他画画，因为他认为肖像艺术不是描绘人们本来的模样，而是描绘他们应有的模样。他总是把人物放在特定的场景中：画将军，背景是山崖、海浪，迎风而行；画女子，背景是古代神话。人物都美化、理想化了，仿佛戴上了光环。例如他为名演员西顿女士画肖像，就把她表现成文艺女神。因此生意极好，使他异常富裕。他是伦敦皇家美术学院的首任院长，并且六十岁后成为乔治三世的宫廷画家，名成利就，再找他画画，就不容易了。他一生画过四千多幅肖像画，其中不少是助手完成的。

然后是庚斯博罗（Thomas Gainsborough, 1727—1788）。他的肖像画，和雷诺兹相反，是按照平日的生活形象来画。请他画肖像的都是贵族或乡绅，所以画中的人物都穿着讲究，神态高雅。真实和高雅，结合得很好。他画的衣服裙裾上的褶纹，变化丰富，带阴阳的反光效果，色彩明亮；十八世纪的衣物有多美丽，都在他的笔下呈现出来。他喜欢画贵族夫妇在户外带狗，在庄园散步，背景是英国的园林风景。如果你问他到底喜欢画肖像画还是风景画呢，他会答前者有益，可以赚钱；后者有趣，可以自娱。事实上，他的风景画成就最大，奠定了英国风景画的基础。

庚斯博罗少年时遇到一位大画家，这位画家很有眼光，很快就认定他会有成就。这是荷加斯（William Hogarth, 1697—1764）。荷加斯也画肖像画，这方面，他不如后辈受欢迎，但其实他才是这个时代真正的画家。当时的人怎样生活？他们的服饰打扮、家居布置、日常生活，上至豪门，下至庶民，都通过他的画笔，呈现了出来。他早年因父亲欠债，全家入狱，住了五年，这是英国当年的连坐法。幼年坐牢，塑造了这个画家的人生观，让他认识贫穷、饥饿、屈辱、低下层人的生活，这些就成为他绘画的一大母题。可这么一来，画商嫌他没有贵气，富人嫌他太过俗气。他反正也并不热衷画独立的肖像画，喜欢画群像，画生活，于是把画制成版画，薄利，反而多销。

他把画当作记录时事的连环图，一个题目画一组画，每组六至八幅，像《烟花女子》、《浪子行径》和《时髦婚姻》，或绘一个纯洁的姑娘误堕风尘，或绘买卖婚姻，或绘贵族子弟误交损友、生活糜烂而终于变成疯子。他的风俗画色彩鲜明，人物栩栩如生。每个场景都如一幕戏剧，细节尤其详尽，谐趣里有讽刺。在《时髦婚姻》第四幅中，妻子坐在梳妆台前，理发师替她熨发鬈，旁边则有人喝茶，有人吹笛，有人唱歌，一个黑仆端茶，另一黑童坐在地上玩耍，穿着东方情调的衣饰。晚年，他画过议会选举，一连四幅，揭露当时的黑金贿选。

一次，他到法国旅行，拿了素描本在街头写生，却被当成特务驱赶，他于是画成了《噢，古老英国的烤牛肉》，画了对着烤牛肉直流口水的修士，衣衫褴褛的兵士、乞丐，他自己呢，在背景里拿着素描本。十八、十九世纪英国散文名家兰姆最欣赏荷加斯的风俗画，斯威夫特也赞美他对社会的批评一针见血。他是十八世纪画坛的狄更斯。

这几位名家之外，还有霍普奈（John Hoppner, 1758—1810），专画肖像画，画风是雷诺兹一路，备受宫廷的宠爱。另一位是罗姆尼（George Romney, 1734—1802），曾以绘画莎剧人物而出名，早年本来也是雷诺兹派，但因为参加皇家美术院的比赛，应该得二奖，却因雷诺兹徇私，颁给了自己人，从此拒绝官方的展出，跟雷诺兹各走各路。他的肖像画，运用线条而少用甚至弃用色彩；中年后，邂逅爱玛·哈特小姐（Emma Hart），受她吸引，为她画了五十多幅画，想象她扮演不同的角色，仿佛是他各种浪漫缪思的源泉。

十八世纪之前，英国并无绘画可言，这之后，就出现了泰纳（Turner）、康斯塔勃（Constable）等名家。

—从四方盒子里，我看到许许多多法国人渡海来到我们的地方，因为法国大乱了，他们早些时把国王也送上了断头台。国会分成两大群人，不停吵闹，也不断有人被放上断头台。就在法国大革命的一天，四方盒子竟然为了纪念这么的一天，演出一出戏，好像真实的一样，一个小胖子逐渐取得了胜利，从一个普通军人最后做了皇帝。登位时他从教皇手上取走皇冠，自己戴上了。

皇帝也可以推翻？这可是真实的历史？再后来，他和各国开战，竟然包括我国在内，看得我心惊胆战。故事并不连续，加插了许多不相干的画面，如矿泉水饮品、其他故事预告，我终于看到故事的名字，叫《滑铁卢》。

法国小胖子幸好被我们打败了，他可是像什么呢，一个希腊神话的英雄。

## 47

十八世纪的家具是英国家具史上的黄金时代，使乔治亚房子成为优雅的典范。最著名的家具设计家是罗拔·亚当（Robert Adam, 1728—1792）。亚当一门四杰，父亲和兄弟都是建筑师。他们的室内设计、内墙装修，影响了整个西方，以至北美。

十八世纪的五十年代，罗拔曾游学法国、意大利，在罗马学习古典建筑。回来后，和兄弟从事建筑，还出版书籍。他们的特色是复兴古典，融合古希腊、古罗马、拜占庭，以至巴洛克的艺术，加以变化，发展出“亚当风格”，例如柏拉底奥式的建筑本来很厚重，洛可可式的装饰本来极繁复，他们吸收了，却以较轻盈、较简洁的方式呈现；于是整体设计显得优雅而灵活。他们用的浮雕和模件却依然保留古希腊罗马的面貌，像水瓶、圆章饰、仙子等等。他们的室内装修虽说轻简了，可还是相当华丽，从大门口开始就见到许多希腊柱，墙上、天花上满布浮雕，仿佛进入法国的宫殿。乔治亚式的房子，外表朴素，但内部则可以华丽得惊人，其实并不相配。

如果只有漂亮的室内装修，没有适当的家具配衬，就失色多了，恰好在这个时期，亚当兄弟之外，另有两位出色的家具设计师，其一是齐本代尔（Thomas Chippendale, 1718—1779），他设计的家具，最出色的是椅子，不再是笨重的中古式，而变得轻巧，讲求优美的线条，框架细致，椅背更做出穿插盘曲的镂空纹样。他还制作木箱、橱柜、书架、沙发，都精美优雅。他的作品，既带哥特式的韵味，又糅合中国风格，轻盈，灵动，相信他的灵感其实来自中国的明式家具，但又比明式家具多了许多装饰的细节，变得富丽。除了明式家具，他一定见过中国的竹家具，他有些椅子是仿造竹的模样，框架带有竹节的痕迹。

和亚当兄弟一样，齐本代尔也出版关于制作的书籍，名为《绅士及橱柜制作者指南》，他不但做家具，还指导用家如何把家具和环境配合，例如，他指出他的中国式椅子适合女性的梳妆间，特别要糊上浪漫的墙纸。齐氏的影响很大，当时的建筑师、室内设计师、橱柜制作木工、泥水匠，无不人手一册，争相采用他的图式。

另一个家具设计师是协甫怀特（George Hepplewhite, 1727?—1786），生平鲜为人知，但他死后由妻子出版的《橱柜制作者与室内装饰家指南》流行一时，他的作品也属新古典主义，和亚当的室内装潢很相配。他的椅子用的装饰大都是彩带、古瓶、玫瑰圈饰。其中椅背以盾形最著名，而三支羽毛饰，则一看就叫人认出是摄政王朝的作品，因为三羽毛是威尔斯王子徽号。他设计的抽屉、矮柜，常常用正面弧曲形，充满韵味。除了家具，他还设计不少小品物件，像灯罩、茶盘、隔火屏等等。这时候的家具更轻巧了，木色较浅，染色，而不用厚漆。

## 48

—汤姆，你在学校读书，最喜欢什么科目呢？

—爱德华叔叔，我最喜欢历史。

—好啊，历史这一科很重要，即使不喜欢，也要好好用功。

—但我有很多问题，学校的老师说我是“问题学生”。

—能够发问就好了，老师不是恶意的，不要因此就不问问题，即使看来像愚蠢的问题。譬如……

—譬如？

—譬如第一个人这样发问：为什么他天生可以有这样的权力，而不是由于他的能力，其他人却没有呢？

—叔叔，我在学校读书，读到国王把汤玛士·莫尔爵士杀了。为什么会这样呢？是因为莫尔爵士说“羊吃人”吗？

—我们知道亨利八世想有一个儿子继承王位，皇后办不到，就想离婚另娶，但当时天主教是不容许离婚的，他就改信新教，不再听令于罗马天主教教廷，改为以国王作为宗教领袖。改信新教，当然还有许多其他社会因素，但亨利八世为了重婚则是直接的导火线。他要所有人都认同这种改变。

—这和莫尔爵士有什么关系？

—汤玛士·莫尔是大法官，是大学者，很会写文章，很有影响力，当亨利八世下令所有人要宣誓同意改宗，他认为这不对，拒绝了。他曾主张宗教自由。他也不是拒绝，他只是保持缄默，拒绝宣誓同意罢了。

—喔。

—莫尔很懂得法律，你知道，有人说他为自己申辩时提出：在法理上，缄默表示同意（silence gives consent）。

—缄默表示同意?

—对，他当时的处境很困难，我们叫这个是两难的困局。当你按着《圣经》说，我同意，这么一来就违反了自己的信念。人要有信念，汤姆。可是要是你说不同意，就要杀头了；你要考虑你的家人。莫尔的太太、女儿、女婿都劝他，只那么一句同意罢了。

—真替莫尔爵士难过。叔叔，如果你是莫尔爵士，你会说同意吗?

—为什么这样问呢，汤姆?

—你会考虑妻子、儿女，同意宣誓，只简单说我同意，承认国王的做法？而不必成为……?

—烈士。要求别人成为烈士，那必得是在非常非常特别的时刻。我的情况简单得多，我还没有妻子儿女，其实我从美洲回来，亲眼看到许多事物，读过一些书，这些日子，我对许多事物反复思考，有了不同的想法。要是莫尔说我同意，在最后关头，在不伤害其他人的时候，我是理解的。但汤姆，汤玛士·莫尔之所以更值得我们尊重，因为他一面表现出勇敢、无畏的精神，另一面又很人性，他爱惜生命，爱护家庭。他没有放弃原则，但也努力、灵活地周旋，他抵制宣誓，又想办法保住性命。

—叔叔，可以告诉我你打仗受伤的情况吗？

—好的，但汤姆，记着：缄默的自由，就像打仗，是自由的最后防线。自由是什么呢？自由就是你可以对任何公共事务发声，表示意见，尤其是不同的意见。这很重要，但更根本的是，你可以保持缄默，拒绝表示意见。缄默，有时候也是一种意见。当他们要求你说什么，规定你说什么的时候，同时就规定你怎么说。

—你走了，会写信告诉我这些么？

—会的，我会写信。

## 49

十八世纪英国最可怕的房子在哪里呢？在伦敦城内，新门街及奥卑利街的角落，这是恶名昭著的新门监狱（Newgate Prison）。古代进入伦敦城有四个门口，新门是新建的第五个，因此得名。在英国，监狱最多的地方一直是伦敦，因为人口最多，而文化、社会各方面都在变化，人事纠葛，罪案丛生，而且主要的法院都在这里。新门监狱在十二世纪初，由亨利二世建造，然后不断翻修、扩建，经历大大小小的暴乱、火灾，之后又重建，多年来令伦敦的罪犯闻之胆丧。直到二十世纪初才终于拆卸，由奥卑利监狱替代。

新门住客包括各种重犯，如杀人、抢劫、盗窃、放火、拐骗，就连砍树、渎神都要收监，其中有许多是无力还债者，欠债本来是民事的案件，可都判到新门来。十八世纪竟有许许多多人因社会转型而破产，因负债而下狱。所以，这里经常人满为患。环境当然十分恶劣，肮脏、阴森、黑暗，蚊虫、老鼠为祟，不断传出鼠疫、伤寒、这样那样的传染病。有时，在法庭被判死刑的囚犯还未行刑，法官已先受感染病死了。罪犯平日吃的，是从外面讨来的冷饭菜汁。这简直是人间地狱。

但新门之所以出名，其实另有内情。因为在一七七四年，一连五册的《新门历志》出版，记录了自十八世纪初以来这牢房各类重犯的罪行，居然大受欢迎，马上抢购一空；十九世纪后又再重编再版。我们知道，罪行大多五花八门，匪夷所思，一般人对罪犯的伎俩、行径又充满好奇，喜欢窥秘；这也是犯罪小说、电影长期畅销的原因。这些犯罪记录，是小说、戏剧丰富的矿藏，许多小说家、戏剧家，从中挖掘，加以想象、夸张、戏剧化的铸冶，竟炼出一个独特的小说类型，称为“新门小说”（Newgate Novel），下开了后世侦探、犯罪的各种书写，例如恩兹韦斯（William Harrison Ainsworth）的《杰克·谢泼德》（*Jack Sheppard*, 1839）、加斯佩（Thomas Gaspey）的《里奇蒙》（*Richmond*, 1827），甚至狄更斯的小说，尤其是《苦海孤雏》，也被这样归类。

加斯佩，今天已很少人认识了，可是他的《里奇蒙》写保街巡警里奇蒙的查案故事，却是侦探小说的鼻祖，也建立了英国侦探小说的传统。

所有罪犯中，最有名的是杰克·谢泼德，他的行径，成为无数戏剧、诗、小说的题材。这人幼年丧父，自小混迹街头，跟窃贼、卖淫集团为伍，当年的特鲁里街（Drury Lane）就是这种牛鬼蛇神聚居之地。谢泼德逐渐成为罪犯中的明星，并非因为他作过什么大案，相反，他不过是盗窃、抢掠的惯匪而已，他的罪行还够不上名列恶棍。原来他是越狱天王，每次被捕，从前门进来，好快就从后门出去，前后成功逃狱四次。最后一次，被单独地关押在新门，受最严密的监视，可他仍然能够挣脱锁链，穿越鸟笼似的通道，飞走了。这是对新门莫大的侮辱，对英国法制的嘲讽。作家于是想：这个人一定极富想象力、创造力，极向往自由；这是对种种严苛、不人道制度的抗议。与其说他为害社会，不如说他是社会的弃儿；他只是不会用语言文字表述而已。他终于因为酒醉被捕，被判绞刑。当他从新门被送到泰伯恩（Tyburn）刑场，观众达二十多万，真是史所罕见。他获得真正的自由，才不过二十三岁。

写作《名利场》闻名的萨克莱（William Makepeace Thackeray）对“新门小说”很不同意，他斥责这些小说有导人犯罪之嫌，读者受罪行的细节所吸引，而忘记了它的教训。他到处演讲，力陈文学作品应该为社会教育服务。他质疑狄更斯也是这样，因此和狄更斯闹翻。他自己运用了历志的素材写了一个谐拟的小说《凯瑟琳》（*Catherine*），本意是用幽默的手法，讽刺这种文学类型，更大的讽刺是，这作品也被归类为“新门小说”。

我想起博尔赫斯的《恶棍列传》，也是剪裁罪犯骗徒的故事。我看过新门留存下来的旧照，大楼正门的立面，两面对称，看来就像一幢娃娃屋。英国设计微型屋的专家，会再做这么一个可怕的房子、可怕的场景吗？

## 50

十八世纪的新门，囚禁的是人的肉身，但此前此后的监牢，要囚禁的却是人的灵魂，例如中世纪的宗教异端法庭，二十世纪二战时期纳粹的集中营，这些，都过去了，二十世纪末迄今，最恐怖的监牢，其一设在伊拉克阿布格里（Abu Ghraib）。

我陆续读到美军虐待战俘的报道，已见怪不怪了。鸦片战争产生的《南京条约》，除了诞生一个特殊的香港，还使英国人取得所谓“领事裁判权”，即是说要是英国人在中国本土犯法，并不由中国裁判，而交由英国领事裁判；其他各国，包括美国，接着也取得同样的权利。据学者剖析，鸦片战争的原因之一，是中西法治理念分歧，我们知道，战争的导火线是新界一位村民和英兵争执被打死，林则徐要英人交人严办。据说外国人不信中国法，认为是人治的，因为疑犯要证明自己清白，而不是，像普通法那样，控方要证明疑犯有罪，否则利益归于被告。二百年后，一个号称自由、民主的超级大国为了对付恐怖分子，在这里那里设立监牢，监禁的是潜在、可能、涉嫌的恐怖分子，这是中国古代的莫须有。

阿布格里是其中一个这样的地方。最近看到哥伦比亚当代画家、雕塑家博蒂洛（Fernando Botero）画阿布格里美军虐待战俘的作品，集中绘画囚犯被虐的苦痛，悲天悯人，而不必画出虐人者的狰狞。博蒂洛是一位风格独特的画家，他的作品，我们一眼就可以认出来。他画的人物，身躯四肢都画得异常庞大、肥胖，仿佛膨胀的气球，可头和手脚又相对地纤细。我常常想，他最适合画拉伯雷《巨人传》中的庞大固埃。我对这位画家印象最深刻的是他画的一桌桌甜美食物，如西瓜、鲜肉等等，引来了许多苍蝇，令人想起十六世纪荷兰食物画的传统。最早的静物画来自古希腊《博物志》的记载，画家宙克西斯（Zeuxis）画了孩童头上顶了一筐葡萄，太逼真了，引来鸟儿的啄食。博蒂洛的食物画索性画上群蝇乱舞，应该是南美洲真实的写照，反而充满讽喻的效果。

宙克西斯以假乱真的技巧，到头来还是输给了帕尔哈西奥斯（Parrhasios），这两位大画家比赛，大家看了逼真的葡萄，赞叹不已，可帕尔哈西奥斯就是迟迟不肯把盖着画的布取下。宙克西斯不耐烦伸手去扯，发觉这布原来就是画出来的。这是画史早期求真的故事，以仿真作为审美标准。但渐渐，我们对所谓真相，对政客的夸夸其谈，再不能那么肯定了。

博蒂洛的画有一种喜剧感，那是拉伯雷式的喜剧，像狂欢节，但在谐趣里有嘲弄，他的笑，有时是苦笑。例如他画的权贵、将军，都像中饱私囊的家伙。如果说他的谐趣，削弱了他的嘲弄，那是把嘲弄简化为唯一的目的；艺术毕竟是很复杂的东西。他重画古代的名画，像《蒙娜丽莎》《阿尔诺芬妮夫妇》，都叫人会心微笑，好像一个顽童跟长辈开玩笑，但其实无伤大雅，原来我们可以这样追溯一个神秘女子的成长，可以这样看一对新婚夫妇。

从新门到阿布格里，时代有进步么？

## 51

十八世纪英国的囚衣，是横间条纹。条纹，在中世纪，以至十六、十七世纪，不单不能登大雅之堂，甚至认为采用条纹布料的都是异类，例如异族的野蛮人、非洲人，或者低下阶层的工匠、麻风病人、吉卜赛人，或者马戏班小丑。条纹和这些人挂钩，都受贬视。囚衣也选条纹；这种视角一直延续到近代。条纹中尤以横条子更加严厉，条纹又以粗细、间色分离的为最。

可是到了十八世纪末，条纹竟然成为英国上层阶级热门的图案装饰，那些华丽的厅堂墙纸都以直条纹为时尚，也许织布以条纹最容易，而条纹又耐看。美国摆脱英国殖民独立，国旗上就有十三条横纹，代表十三个殖民地的解放。法国呢，自从大革命，把君主贵族送上断头台后，许多人为了显示革命、追上庶民潮流，言行和衣饰都反传统起来。海员穿起横条纹的水兵装，连贵族家的孩子都穿上海军装，衣领上饰有条纹。托马斯·曼的《魂断威尼斯》，令老作家神魂颠倒的美少年，穿的就是典型的英国水手装。维斯康提改编成电影，作家变成音乐家，视觉影像之外，还诉诸听觉。摄政时期，英国青年的衣饰比较多姿多彩，渐渐以西装裤替代了芭蕾舞式紧身裤，条纹裤也在这个时候风行起来。后来，新古典主义流行，三件头西装变得一片幽暗；到了现代，西装只剩下很细的暗条纹。也许，陶立克式风格和条纹遥遥呼应，这种古希腊最早的柱式在直条子中加上凹槽纹，显示秩序和理智。在条纹中渗入了花纹，又显得感性和浪漫了。浪漫的维多利亚时期，条纹才终于退潮，代之以繁花的图案。齐本代尔式的椅子，条纹布料也改为花鸟山水。

—泰伦斯，还在看书吗？

—丽莎，我在看一位朋友寄给我的材料，说是奇文共赏。

——一定很有趣。

—你以为呢？比方这一本小册子，上面这样写：如果说不列颠比其他国家优胜，是否因为我们的赋税较轻？粮价较低？是否因为物产众多就证明我们较富足？是否因为人口众多就等于我们强盛？绝对不是。这些，法国都比我们占优。至今，法国人从没有在财富、力量、能力和效率上超越我们。我们不要自欺欺人。我们和他们不同的地方是：过去，我们的君主受限制，他们的，则是专制；我们的贵族只有他们千分之一；我们有陪审员制度，他们没有；我们都受到法律的保护，他们，生命则掌握在权贵的手里。所以，我们会为这些奋斗，他们并不懂得。你渴睡了么？

—不，不，请继续。

—所以，我们是人而他们是奴隶。

—说得很有道理，不是么？

—好像是，但要小心，因为下文说这形势改变了，要求改革议会。首都近来发生了暴乱。这些东西就是卡特先生从伦敦寄来。

—呵呵，爱德华不是到了伦敦么？他安全么？

—别担心，卡特先生会替我们留意他，不过，一场战争，可以把人彻底改变了。试看这一张在伦敦街头派发的公开信，发信的人要求：一、只有一个公平、恰当、每年改选的议会，才能确保国家的自由。二、如果说国王有权随时向别国开战，那么这种权力必须从属于全国的利益。三、每个国家都有权选择治理的方式，别国的干预，或者试图操控，都是粗暴、压迫的行为。四、和平是最大的幸福，贤明的政府要竭尽所能维护和平；当有人理智地寻求和平，就应乐于接受……没有把你闷晕了吧？我们改改话题。

—没有，没有。

—汤姆最近走进我的书房，问我一些问题。

—真的？你知道，我们的儿子长大了。

—是的，长大了不少。

## 52

十八世纪的生活，的确可以从小说中得到较详细具体的印象。那时代最好的历史家吉朋，心眼都回到古代的罗马去了。当代贵族和乡绅的生活，开舞会呀，宴客呀，姑娘的出路呀，母亲的焦虑呀，乡村牧师的地位呀，军人的良莠不齐呀，幸好都可以从奥斯丁的几部小说中知悉。奥斯丁最早的作品在一八一三年出版，写的还是十八世纪末至十九世纪初的英国生活。她以对话的形式推展故事，很少描写房子，以及室内布置和衣饰。她自己可是非常关心时装的，总是为出席舞会的衣饰操心，常常把手边的金钱花尽，只为了心爱的布匹和花边彩带，甚至挪用姐妹的私己。服装都穿到身上，却甚少形诸笔下。这些描写，反而出自另一个名家菲尔丁，他在《大伟人魏尔伦·江奈生》中对女子和花花公子的衣饰写得特别仔细。

菲尔丁的《弃儿汤姆·琼斯的历史》让我们认识乡绅的生

活，他们的住宅、庄园、仆人、朋友、话题、私生子、盗贼等等。至于笛福，《鲁宾逊漂流记》写的是远航、殖民，反而是《摩尔·法兰德斯》和《维克珊娜》更能传达当时女子的命运，他特别写到十八世纪新兴的商人，跟旧贵族比较，认为商人无论知识、风度及判断力，都超过了许多贵族。商人只要娴熟世务，生意顺利，即使没有不动产，钱赚得要比大多数的贵族多；一个生意兴旺和有股本的商人，比一个每年五千镑收益的绅士更能花钱。

笛福和菲尔丁都写过新门监狱，狄更斯当然不在话下，《摩尔·法兰德斯》的主角在新门出生，经过尘世的浪荡，后来又被关进新门。这两位名家，写牢中的黑暗、恐怖。但牢外的生活，对贫民来说也并不好过：工作环境差劣、无助，而贵族、富商呢，则糜烂、挥霍。下层人食不果腹，或靠教区收养，或沦为小偷、匪盗。偷窃罪，即使偷的是无甚价值之物，也被判死刑。于是许多人索性铤而走险，赌博命运。笛福自己坐过新门牢，深知牢役之苦。照福斯特（E. M. Forster）说，是新门造就了他，他坐牢前，原本是个邋遢的记者，又热衷政治。笛福特别写到流放犯，流放到殖民地，不得回国。偷偷回国，是会送到新门去的。这些小说，都补充了历史书的不足，而且更具体、细致。审美经验，其实也是一种认知的经验。读小说，让人重新认知十八世纪的面貌。

狄更斯是十九世纪的作家，在他的作品中，我们倒看到那种把木船反转的船屋，我在前面提过。船屋不再出海，变成了陆上的房子。《大卫·科波菲尔》中的大卫就去拜访过这么一家人，船内桌椅床柜一应俱全，干净，温暖。现代英、美都有人喜欢居住船屋，印度喀什米尔据说还有专为游客而设的船屋，但我们知道，那完全不可同日而语。

英国的玩具屋迷都喜爱都铎式、乔治亚式和维多利亚式房子，起码七八个房间，可以布置许多家具，好像还没有人设计微型船屋。

## 53

—你又站在窗前了。

—我看见许多东西，只要站在窗前，我常常能看见许多东西。奇怪，窗外并不是街道，没有马车，也没有树木，我看见的竟然是桌子、椅子，都是巨大的，我真的怀疑自己的眼睛，我又觉得我像格列佛，到了大人国。玛丽安，也许你是对的，故事书看多了，令人真假难分，产生幻象。

有一件物体特别吸引我，那是个四方形的盒子，会发光，可以看到连续的图画，像说故事，不停演下去，其中的人物会动，会说话。不但有人物，还有其他动物。我认识了许多动物，是我从来没有见过的，像老虎，豹，鳄鱼，熊猫，水獭，令我既惊讶又难过，原来狮子王会把小狮子咬死，它霸占了地盘，就把其他的不是自己的小狮子通通杀死，只许自己的子女生存。看见软绵绵、活泼可爱的小狮子躺死在草丛中，母狮悲哭，我真是难过极了。

又譬如鲸鱼，会游到浅滩上捕捉海狮，不是为了找寻食物，而是为了玩耍，捉到了就在海上把海狮往空中抛掷，把海狮玩死。有一次，我看见十多只母狮围攻一头小象，几只大象赶来营救也没有用，眼看着小象被撕裂。狮子不会爬树？我看见一头狮子攀跳到树上捕捉树懒，那树懒真是动作缓慢的家伙，我大喊快逃，快快向上逃，但它可不是猴子或者松鼠，结果被狮子扯下树来。动物图画很好看，但有时又叫人看不下去。当狮子把树懒扯下，这四方盒好像也这样想，图画立即变成了运动比赛，有人在赛跑。看到这些场面，我想，要是有人把可恶的雄狮、鲸鱼赶走就好了。

—大自然有它自己的规律。鲸鱼也许是为了教导小鲸鱼捕猎，至于狮子天生是吃肉的动物，而牛羊吃草，试想想，有一天狮子也吃草，大家都吃草去，满山遍野都是牛羊，结果又会怎样呢？草还来不及再生，就被吃光了？汤姆，这些东西我不知道，我只感觉要是把可恶的雄狮、鲸鱼赶走，小狮子、小鲸鱼就失去保护了，总之这想法很危险。

—危险？

—这世界的事情可不简单呢。汤姆，别把四方盒子当是整个世界啊。

—想来也是，有一次，一头猎豹妈妈，带着三头小猎豹，到外边猎食，小豹躲在草丛里。妈妈一直找不到食物，结果来到牧场，被牧人开枪打死。三只小豹吱吱叫，不久就饿死了。

—人类才是地球的恶霸。

—我多么希望把看到的东西告诉叔叔，玛丽安。

—他会知道的，我也多么希望他会知道。

## 54

找寻十八世纪的生活，可以通过电影吗？那要看什么人拍的电影了。例如奥斯丁的《傲慢与偏见》至少拍过两次，最近一出，感觉怪怪的，制作看来不够严格，布景、服装都不及格；灯光、雕塑都不对。反观英国BBC的一出，演员魅力不足，但乡村的风味、衣饰布景，可都有板有眼，细节也处理得不错，例如达西在姑母家住宿，有一场是写他沐浴。十八世纪当然没有浴室和浴缸，要洗澡，用的是一个澡盘，比现代的浴缸要高，锌铁制造，模样像摇篮，中间矮，两端高。主人沐浴有侍从服侍。这浴盘，平时藏在别处，动用时才搬出来，搬到主人的睡房或更衣室，主人沐浴，侍从也得陪伴在侧，热水早已注满浴盘，还得另外准备温水，为主人淋头冲洗，然后提着浴袍等主人穿上，这是细节真实。

还是李安拍的《理智与情感》，对当时的生活，刻画得较仔细。开首在大宅中就从钢琴开始（音乐背景也有了），远镜头拍摄屋内重重相通的房间、门廊，遍及墙饰、窗子和漂亮的地毡、图书室、马厩、厨房中的众多仆人，从这一舒适的住宅搬到了村舍。那村舍，一如小说中写的“房子造得太正规”，房子正规，正是乔治亚房子的特色。穿堂过道，两边是客厅，有阁楼，布局也完全相符。窗板没有漆成绿色，指的应是百叶窗。楼下的两个室厅，我们稍后常常见到，一是客厅，一是饭厅。搬家时，家用的东西带来了亚麻布、金银器皿、瓷器、书籍；书本中说，以及玛丽安的漂亮钢琴。电影中没搬钢琴，后来才由上校送来，成为贵重的礼物。

电影用蜡烛照明（拍时当然另外打光），室内大多点一支烛，用餐时三支，上下楼也拿一支烛。室内总是昏昏黄黄，一如人物黝暗曲折的内心世界；十八世纪的室内本来如此。布景也很仔细，例如伦敦的屋子墙上挂满唤人带，门侧摆放四折屏风，门扇都是六格子板拼砌，地面铺黑色格子的石块。晚上在客厅中休闲的活动是弹琴、朗读、玩牌，恋人则隔着玻璃画剪影。家具是贴墙的半圆桌，随意移动的小茶桌。屋内美轮美奂，可屋外就别有风光。女子们为参加舞会而细意打扮，乘坐马车抵达，穿着绸缎的绣花鞋，可门前却是一片泥泞污水，遍地马粪。长裙、花鞋就把这些都带进华宅去。时代的气味如果能够留下来，那么，十八世纪的城市必定是异味熏天：泥污味、汗臭味，各种雅俗混杂的香水味。

—我看见游行。每隔几天，就有人游行，满街满巷的人，拿着画像，高举着纸牌、布幅，上面写着大大的字，我不认识那些字。那些人喊的话语我也听不懂。街上没有马车了，全都是人。起初，我以为是节日，但队伍里没有花车，没有圣像，有些人蒙着脸，可不是表演，而且后来，警察来了，双方推撞殴打，有人被拖走，有人血流披面。警察还用水击射人群，又射出会冒烟的东西，人群马上掩鼻逃避，满街纷乱，街上的店铺玻璃都打碎了，这里那里焚烧起来。有人站在四方盒前说话，一边说一边又留神背后的烟火。这世界怎么了？

## 55

○ 英国旅行，最愉快的经验是看房子。

○ 都是些名人故居，像狄更斯、佛洛依德、达尔文、约翰逊、济慈、华兹华斯、萧伯纳……都保存得不错。

○ 还有许多不同风格的建筑，都铎式、乔治式、维多利亚式。

○ 难怪英国不少妇女喜爱娃娃屋，布置起来，各区各地都可以见到范本。假日驾车去参观取经，又是旅游。家中若有地库、阁楼，安放没有问题，平日和朋友聊天更不愁话题。参加了屋迷俱乐部，还可以组团到荷兰、德国看经典作品。

○ 英国各省每年都举行娃娃屋展销会，相当热闹。

○ 在英国，好看的房子真多，像我们现在参观的 **Kenwood House**，在伦敦北郊，坐落在大片的林木草坡湖泊之中，白色的华厦，自有气派。

○《傲慢与偏见》中的二小姐，见到达西先生的大庄园和别墅，也不禁暗自思量：成为彭百利的女主人，真不简单。

○ 罗拔·亚当的新古典建筑和装潢终于见到了。

○ 这是华丽的乔治式。三楼和两边拱廊式的侧翼想必是后来加建的。因为底层采砌石墙，楼上又加了希腊式半柱和花式浮雕，显得不再素静，但整体还是端庄秀丽。

○ 园林的东面是马厩，西面是奶类作坊。厨房倒仍在本宅内。

○ 厨房太远，食物都变冷啦。下雨不是更麻烦。

○ 我们还是去看那著名的图书室吧。

○ 喔，西斯廷般的设计。

○ 天花是覆船形，分为一个个小框，内绘图画，外加圆框。蓝底白花边的浮雕，精细得像刺绣。

○ 整室如同半艘船，船头呈弧形，好像教堂的半圆室。室内前后都立科林斯柱，白身金顶。房间一边是窗，没有百叶门，板门装在窗内。两窗之间摆边桌，墙上镶镜。窗子对面的墙是嵌入式，扇面形拱顶。镜子、桌子，都是齐本代尔的作品。

○ 奇怪，说是图书室，书本却很少，只在半圆室内排了九架书。室内一把椅子也没有。

○ 装潢美丽，可都是炫耀的东西，没有人气。

○ 比起史葛特的图书室差远了。那间图书室两层楼高，壁上都是书。

○ 虽叫图书室，其实是会客室吧。座椅嘛，自会有仆人端来，别忘了十八世纪的习惯。

○ 咦，图书室后门的房间，书原来都在这里。

○ 资料小册子说，镶镜子的墙面，本来是书架。

○ 房间里有一幅伦勃朗的六十岁自画像。

○ 另有一幅维美尔的《弹吉他的女子》。

## 56

我受乔治亚房子简明朴实的外貌所吸引，其中也不乏别的理由。我特别喜欢两面坡屋面的房子，也许因为我曾经住过那样的房屋。那时候我才八九岁，住在上海的大西路，后来改为中正西路，如今再改为延安西路。故居附近有一座静安寺，对面是一个名叫美丽园的小住宅里弄。我家住的是大院子中的平房，院内一片空地，西面是一列棚屋，东面是分为三排的十二幢二层高带阁楼的民居。这大院子不是普通的住宅，而是马厩的棚屋，十二幢房子住着的都是马夫，空地供马匹踱步。我们住的红砖平房是职员的办公室。后来，马匹迁走了，马夫离去了，才变成普通民居。我非常喜欢那座平房，墙上都是卵石，一列百叶木窗，两面坡屋顶，还有一个大烟囱。花园可以种花。记得一位叔叔曾经带了几只兔子来，因为他的老家打仗，要寄住在我们家，兔子成为我们的玩伴。那么好的房屋，但同样因为战火蔓延，我不得不随父母离开。

许多年后，我重返上海旅行，多次还到那里去看房子，起初觉得残破了许多；后来再去看，已给拆掉了。我很难过，好像我有些什么已经真的失去了。这种感情，并不是把这个那个拆掉，然后当地产项目发展的官僚所能了解的。我特别喜欢江南乡郊的房子，因为它们也都是两面坡顶，简明朴素，它们和乔治亚房子很相似，只不过屋顶没有一左一右两个烟囱，而是从屋脊两端各伸出一支蝎子尾饰。

我喜欢乔治亚房子外貌的朴素，没想到室内的装潢却非常华丽，而家具又精致得令人吃惊，我不相信自己可以把玩具屋这样布置，我也不愿意。我不明白形式和内容，竟可以这样不协调。世界上可有朴素一点的家具和室内布置更适合乔治亚房子？有的，我翻看了一些书本，找到了，是辛克（Shaker）。

辛克是美国的一簇人，他们的历史从一七七四年开始，原籍英国，因为相同的宗教信仰而聚居起来。他们崇拜时，不断抖动身体，而且高声呼叫。也许是太喧闹了，被其他人排斥，于是移徙到美国去了。他们的生活非常朴素，过的完全是公社式的生活，自己种田、织布、饲养牛羊，没有私人的财产。他们一定把英国的建筑形式带去了，因为他们所建的房子，就是乔治亚式的，二层高，两面坡屋顶，一左一右分布两个烟囱。坡面的阁楼也开老虎窗。大门开在正中，屋内分为左右两边，男教徒住右边的楼房，女教徒住左边。屋子内的家具极少，每个人只有一铺床，一把椅子，一个矮橱，大壁柜和火炉共用。辛克人的室内设计最特别的是在墙的上端装一条横木，上有图钉，许多东西，不是摆在地上、桌上，而是挂在横木上，例如时钟、烛台、衣服、帽子、扫帚、毛巾，甚至椅子。他们的床和餐桌都加上轮子，以便移动，以便清洁地板。辛克人异常干净，室内真的一尘不染，地板家具都用浅砖红色。他们和乔治亚房子的室内摆设近似，家具甚少，有什么聚会，各自端一张椅子去参加，散会则把椅子带走，没有不必要的装饰。

大多数人不能接受辛克人的生活方式，起居都受规条限制，穿的衣服划一，吃的是大锅饭，按时作息，没有私人空间，没有个人自由。工作所得都是公社的，“我”消失在“我们”之中，而且是不同凡俗的“我们”。可是辛克人的手艺，却公认是超卓的，他们的木工尤其出色，做出非常坚固耐用、形式独特的桌椅。椅子是梯形靠背，便于悬挂；做女红的工作桌像书桌，有许多抽屉，那些抽屉不安置在桌子的正面，而在侧旁，因此不妨碍双脚的伸展。他们做的盒子最有特色，是椭圆形的，边上做成燕子尾状，分叉连接，加上铜钉。他们诚恳、用心，把制造家具当是对上帝的祷告。

我常常想，乔治亚房子就该配上辛克家具，那些齐本代尔或协甫怀特的家具，该配洛可可的房子才对。配对是困难的，世间更多的是错配，不是形式跟内容争吵，就是内容跟形式互不理睬。我的玩具屋，到哪里去找辛克桌椅？如果找不到，何不创造一个由我设计的新天地，我的玩具屋完全可以由我自由发挥。但是，这么一来，就不再是十八世纪的面目了。

## 57

玩偶和玩具屋，谁先谁后？

在中国，古代的玩偶和玩具屋大概同时并存，但是两者并无特别的关联，因为偶和屋都各自独立，屋是屋，屋内没有玩偶。偶和屋都是明器，用作陪葬。从出土文物中可以见到小屋子和泥人木偶等。西安秦始皇陵的将军俑、武士俑，昂藏六呎，肃杀庄穆，可不是玩的；近年文官陶俑出土，也是神情严峻，不苟言笑。汉景帝阳陵的人偶，小小的，颇有人间气，可也不能当玩具。到了近代，不论木制、布缝、泥塑的娃娃，才成为小孩子的宠物。据说埃及曾出土最早的微型文物，但那是玩物吗？

十五世纪的纽伦堡已有玩偶的工匠，到了十八世纪，成为欧洲制作玩偶的天堂。我永远都记得有一年耶诞，在纽伦堡的市集看旋转木马、风车，看着看着，就下起雪来。十六世纪，纽伦堡开始出现玩具屋；再传入荷兰，玩具屋内且有玩偶。稍后英国似乎也如此。不过，玩玩偶到底比玩玩具屋的人多，因为玩偶轻便、简单得多。但早期的玩偶，原来也并不是只为了做给小女孩当玩具。在十八世纪，商人制造洋娃娃，许多其实是作为时装的模特儿。当时的英国中产女性，无不追逐华衣美服，好参加舞会或郊游。一天之内女子起码要换三套衣裳：早餐，换一套衣服；下午上街，换出游装；晚餐，换上晚装。还不包括骑马、郊游、游泳、上剧场和音乐厅等。

伦敦和巴黎都是时装潮流的集散地，巴黎时装，更占潮流之先，妇女无不引颈攀望。倘有哪个女子从法国回来，亲友必定把她围拢起来，从头到脚，细询时装的潮流。到过法国的女子当然也会变得落落大方，把看到的和没有看到的讯息像传令员那样跟大家分享。女子少不了要搜购若干本时装册子，画的时装款式细节详尽，还着色，花边彩带，阔窄长短都一丝不苟；平日勤加研究，缝新衣时就带到裁缝铺作范本。伦敦出版商印制的服装图本不算少，但仍嫌太慢，赶不上了，于是时装模特儿应运而生，都是漂亮的洋娃娃，个个作贵妇淑女形貌，穿上最新的时装，由旅游者带回。洋娃娃是这样兴起的，是时装的衣架，是姑姑姨姨的珍宝，而不是小孩的玩具。它们摆在睡房的梳妆台上、写字桌上，甚至进占床上。时装娃娃多了，就选一幢房子容纳，也供展览。后来，时装娃娃演变为纸板穿衣玩偶，这才成为小女孩的玩具，每个纸板娃娃附有几套可替换的衣裙，包括帽子、鞋袜、手袋等等。

—百丽菲，你不用上学么？

—不用。

—那你怎么懂得许多知识？

—啊，你没有看见吗，我不是有一台电脑？你见过我的唱机，可以听音乐，学外国语言，上网；我的手提电话可以和别人通话，摄影，玩游戏。这桌上的电脑，既是图书库，电影院，又是一部无所不包的百科全书。我试上网给你看看。

—哎呀，真厉害，连我学校里教的功课也有，不但有图有字，还会说话唱歌。你说，我们是十八世纪，你们是二十世纪。

—二十一世纪了。

—真奇妙。

—不过是科技比你们发达。有些事物，十八世纪是无比的辉煌。你们不是还有美丽的郊野，宁谧的村落，郁郁的树林，一望无际的蓝天。

—我很喜欢你的电脑。

—可惜我不能送给你，因为你们还没有电。

—明天我要回学校去了，因为圣诞假放完。我是因为学校放假才在家里。平日，我是一星期回家一次，我读的是寄宿学校。所以，家里没有老师。明天下午我会回学校，下个星期六下午才回来。我们要过一个星期再见面。如果爸爸妈妈回来了，你就在我房间里躲好，不要出去。他们从来不到厨房去，也很少上阁楼来。

—汤姆，我也要和你告别了，因为我也要搬出去，我是暂时寄住一阵罢了。

—你要到哪里去？我们会再见吗？

—会见面的。我大概会搬到对面新买的玻璃柜里。那柜已经送来，摆放在电视旁边。这才是我的舞台，而且是独立的。

—那四方盒子旁边。那我可以看见你。不过，隔那么远，不能谈天了。

—我列印了一份资料留给你。我们今天不是都穿上了水手装么？我们就扮水手吧。资料上面有旗语的图文，你学会它，我们不是可以用旗语交谈么？

—我真舍不得你走，叔叔走了，现在你又要走。

—别难过，我们随遇而安吧，我们要比人类快活，比人类恒久。最初，他们看我们，最后，变成我们看他们。无论如何，打扰了，难得你并不嫌弃。

—怎么会嫌弃，我们一直欢迎你。

—对了，这才是成熟的表现，容纳异己。

## 58

看李安的《理智与情感》，趣味之一是看服饰，众女子穿的已是十八世纪末叶的衣裳，衣料是棉和丝，平日穿细棉，晚上穿丝绸，款式不同，衣料也不同了。早些时候，女子们还学法国的贵妇，穿织锦。衣服分好几件，又有上衣下裳等等的配套。大家闺秀，都得由贴身女侍帮助穿衣，例如连身贴肉的连衣裙

（shift，长度及膝，袖长及肘）之外，得先穿一件封腰（stay或称corset），这件可怕的东西，由铁丝、鲸鱼骨，甚或木条制成，硬邦邦，紧身，背后是蕾丝，要由女侍分头用力拉紧绑好，穿的人几乎窒息，因穿衣而晕倒也是见怪不怪的事。紧身封腰可束细腰肢，把躯干扎成葫芦形，和中国古代女子包小脚一样，爱美，某一时期的美，无论自愿或者被迫，就要受酷刑。

封腰之外，上身穿开宽领小窄衣（basquine），腰际加上肚兜似的围罩（stomacher），裙子共分三层，底裙（under petticoat）外面，再有两层，一层是内裙（petticoat），大多是间棉起凸花的衣料，比较保暖，外裙（overskirt）则是正中两分，露出内裙，这是开放式连衣裙（open robe）的打扮。裙子垂及足踝，衣袖及手腕，领口、袖口滚花边，上衣和外裙用同一料子，以织锦为主。另一种是不分上下部分的连衣裙，裙子中间不分开，不露出内裙。衣裙背后在肩部打密褶，直垂地面。

到了十八世纪末，开放式如两幅窗帘似的裙子已不流行，女子都穿一件式连衣裙子，腰线提高至胸口打密褶，然后下垂。这种式样讲求飘逸轻盈，厚重的织锦过渡为细致的棉麻（muslin）。颜色也清淡柔和。像奥斯丁那样的女子，毕竟比上半个世纪幸运，因为到了她们已不再束封腰，也不再在内裙里加上撑裙的圆罩，坐立方便得多。椅子的设计也从前宽后窄，变为正常的前窄后宽。

发饰方面，十八世纪末的女子再不必梳一个三四吋，甚至一呎高的发型，也不必喷发粉，头上没有水果、鸟巢、羽毛的装饰，颈项不会被压疼受罪，睡觉时也不必把头搁在木板上不得转动。转而流行清爽自然，把头发卷成细圈贴在头上就行，上街时戴一顶贴脸宽边小圆帽。这种帽子其实并不好看，但流行起来真没办法。女子们仿佛患上皮肤病的狗，颈上戴了喇叭形大圆罩。还是头巾较简单，像手帕，罩在发上。年长的女子家居就那样打扮。

鞋子倒不错，平底，有时有一点后跟；除了皮制，大多用丝绸，配裙子。袜子只在外露的部位绣花。女子出外，不可少的是小钱包、披肩、扇子、阳伞和手套，平日戴及肘手套，骑马戴及腕式，女子骑马也穿靴子。冬天，女子戴暖笼，把手藏在内。她们还戴面具：冬天戴黑色；夏天戴半罩，绿色，遮阳光，这在电影中也不多见。

李安电影中的女子，领口围了一幅奇异的薄纱，我一直奇怪那是什么。原来是丝巾，因为衣服流行大阔领，女子们觉得领口太露，或者天凉觉冷，所以用丝巾当领巾用，有的打个领结，埋入衣领。在衣领胸口正中，常常别一束小花，名为愉鼻

（Nosegay），因为清香，闻起来愉快。十八世纪的人难得洗澡，戴花不无小补。

男人的衣饰也有流行的式样，没有贴身的内衣，一件上好的白衬衫是底层，领口和袖口有时镶上蕾丝花边，外加一件背心，前胸部分常常绣得缤纷华丽，用的也是丝绒织锦料子，背部则用薄的素色质料，减少臃肿。外套和背心有时是一套，同样的料子，袖口反褶五六吋，缀满文绣和滚边，起初流行小企领，后来变成高反领，外套的下裳如一条裙子，有时是燕尾。裤子及膝，盖住长袜的袜端，裤管侧有钮扣，因为上宽下窄。平日多用深色，棕黑或深蓝。袜子是贴腿裁剪，以白色丝质为上选，农家穿羊毛和棉袜。裤子正中不开拉链口，因为没有拉链，只把宽度折折扣钮，有时扣子在背后。

女人穿有帽的斗篷，喷粉。男人穿大衣，长度及小腿，可当风雨衣用。三角帽最流行，农人戴阔边软帽。绅士的行装包括领巾、皮手套、眼镜、袋表、烟盒、剑及手杖、假发，都是扒手的目标。十八世纪末，平常人已不戴假发，上了年纪的则戴卷筒式，波浪纹披肩长发是上半个世纪的发式。假发需要打理，而且要喷粉，每周拿去理发店梳洗，卷筒是用熨热泥卷卷成的；平日套在木座上，或放纸盒内。上流社会是头虱的安乐窝。穿整套华衣的是绅士贵族，呵，未必，可能是马车夫。

—爱伦，讲衣着，我比较在行吧。

—百丽菲，当然，当然。

—看了十八世纪的衣着，我加倍肯定时装的必要，想想看，那时候多么不方便哩。那些束腰，内里加上骨框的裙子，上窄下宽，要人投井那样跳下去，穿那种东西的人，怎么坐下来呢？怎么去解手呢？那是衣穿人，而不是人穿衣。如今，好多了，你看我。

—很称身啊，物料改良了。

—更大的毛病，你知道么，是根本不好看。

—时代不同吧。

—是越来越好看呵。

—这么说，星期二就会否定星期一了。

—爱伦，也不对呵，星期二已经太迟，否定星期一的时间，至少要在上星期六，我们是超前的。这个你不懂，我举个例，街上流行的星期二时装，我们上星期已经catwalk了。

—对对，百丽菲，抱歉曾经暂时要把你挤到乔治亚里。

—无所谓，暂时把我放到火星也行，你们马上会知道火星是否有生命。

59

娃娃屋可以如实地反映生活，但没有太多人愿意完全照搬，例如十八世纪的漂亮厅堂都会在没有贵宾到访时把主客厅关上门，并且把家具用布蒙上，可我看到过各式各样的娃娃屋，从来没有一座这样做。娃娃屋本来是摆设和玩具，供人参观，如果遮盖起来，怎么参观呢？而且客厅的家具总是最漂亮的，自然该给人看见。

可见现实主义（realism）和真实（reality）是两回事，前者是指艺术的一种手法。我倒想起一个主意，我既没有什么齐本代尔、协甫怀特的桌椅，随便放些线卷、小盒子，用细棉布遮上，既神秘，又藏拙，而且挺真实呢。

肮脏的十八世纪，疟疾、霍乱、天花为祟，前二者是卫生条件恶劣引致，那时候没有冰箱，又没有食物纱橱，鼠、蝇怎不肆虐哩。乡村稍好，城市则恶劣不堪。笛福的《瘟疫年记事》写伦敦在一六六五年发生大瘟疫，死人超过十万，能够跑的人都跑到乡间去。这书在一七二二年出版，但一百年过去，伦敦的卫生环境显然并无改善，对下水道仍然束手无策。

我翻阅过的杂志和书本，可没有见过娃娃厨房里挂过一条捕蝇纸，许多厨房都不忘做一个老鼠夹，钩了一片乳酪或火腿，还让一只小鼠给夹住了，当是写实。但我从来没见过捕蝇纸，一条条像洋葱串那样悬垂在厨房的屋梁下，纸上粘满苍蝇。厨房内烧柴或煤，明火烧烤、烹调，没有抽气扇的时代，理该煤烟满室，墙上屋顶一片昏黑，可玩具屋的厨房都清洁亮白，哪里真实了？

乔治亚房子的厅堂都很漂亮，厨房就不敢恭维了，为了防蝇，墙壁髹上蓝色（他们相信苍蝇不喜蓝色），天花板上垂挂一条条捕蝇纸。如果乔屋仍保留厨房，我必定悬挂几条鬈发形状的纸条。可我因为厨房幽暗、凌乱，已经放弃了，改为配膳室，这房间干净得多，因为主要是贮藏餐具和餐巾、餐桌布、一室亚麻布和描花瓷器，打开玩具屋的壁板，就和优雅的厅堂同一个调子。只有四个、六个，以至八个房间的玩具室，其实可以不设厨房。这种整幢房子一般分前后座，前座都是厅堂、睡房；服务性质的房间全拨到后座去，为了防鼠，乡间的厨房更加远离正厅，分处于独立的小屋中。

玩具屋中最爱布置餐厅，一桌子食物，不是鱼肉、猪头、全鸭，就是奶油蛋糕、松饼、果酱，这些食物摊在桌子上，我总觉得已经变酸和腐烂。哪有把所有食物一古脑儿上桌的，应该是逐一上菜，由仆人传送给宾客挑选，吃完立刻撤走。上甜品之前，是要撤走餐桌布的，也不喝酒了。荷兰黄金时期的绘画也是这样，整个画面堆满各种剖开了的生果、肉类，简直暴殄天物。这类画多得不得了，这反映生活富裕，追求享受，但不如说象征多于真实；可都画得细致、逼真，用的是现实主义的手法。

此外，书橱里的书本，伪装倒是真实的，像狄更斯的书房吧，书架的底层或顶层，放的的确是假书（dummy books），用木头或纸做成，糊上封面而已。所以，玩具屋也可依样画葫芦，干脆缩印彩图，剪下糊在架上就行。当然，也有人购买真的微型书本，一架书，真可以让人破产，据玩具商的广告，每册七镑，不包邮费，《马可福音》二册、《格列佛游记》二册、《圣诞佳音》六册、《化身博士》三册；而《傲慢与偏见》共三大卷，卷一、二各四册，卷三是五册。如果买齐后者十三册，乘七，不连邮费，已需近百英镑。寥寥十多本书，放在书架上，还是很寒酸的哦。

Dummy books是十八世纪“三D”之一，另一个是假仆人（dumb waiter），是以一个多层架代替仆人，放在餐桌旁，上面摆放备用的餐具和调味料等，因为餐桌常常不敷用。站个真仆人在桌边侍候，除非是大宴会，否则私隐不保。娃娃屋中倒见到过假仆家具，但不多，因为有了餐桌椅柜，小空间也实在塞不进了。第三个D则是木板人（dummy board），那是画在木板上的人形，放在壁炉前作屏障用，一般多用遮屏。木板人，我只在一二示范作品中见过。

—我又看见游行。

也不是嘉年华，也拿着纸牌、布幅，一路人山人海，有老人，有青年，甚至有拖男带女，连绵布满整个四方盒子，看来是抗议，表达意见。奇怪警察就在旁边，看来只是维持秩序，也真有秩序，街道旁边有人递出水瓶，请游行的人喝水。我看见盒子上方出现一行数字。也有人站在四方盒前说话，顺便也请一两个游行的人说话。这些人为什么要上街？

何况，历史的真实，往往受现实政治的摆布。例如雪茄吧，我不抽雪茄，也知道古巴的雪茄最出色，而美国和古巴断交后，不再公开出售古巴雪茄。我翻了几本微型屋品类集，各种牌子的雪茄、烟斗都有，就是没有古巴出品。古巴雪茄在微型世界里消失了。奇怪的是连英国也没有微型古巴雪茄，如果有（不过是贴上招牌标识而已），肯定销量比别的牌子强。我会买它一两盒，因为我的朋友偶然也会听听古巴音乐，抽抽古巴雪茄。

## 60

十六、十七世纪的窗是定格窗（casement window），窗子不能打开；乔治亚房子的窗是升降窗（sash window），窗框做成上下两个，可以升降推动，早期的是上格固定，只有下格可以升降。这种窗子类似中国古典的支摘窗。

窗子大都六分格一个，每格为一个半长方形。阁楼的窗是定格窗，不能开。乔治亚房子的窗子开在正立面，侧面没有窗子，一来因为两侧都和邻屋相连；二来，由于两侧都有烟囱，占了相当宽阔的墙面。屋子背后有没有窗呢？我还没有找到相关的资料。起初这些窗子的框架粗厚，玻璃又厚又脆，后来愈做愈精致，框架的条木细了，玻璃薄了，整座房子的线条也优雅了。为了避免风雪和贼匪，窗外常加百叶窗。为了遮挡强烈的阳光，窗内也常装内百叶窗，保护室内漂亮的家具和名画。后来才发展到用上下升降的布帘，再然后出现两头拉开的窗帘。到了维多利亚时代，窗帘达至豪华的顶峰：厚薄窗帘兼用，薄的上下式是防阳光，厚的拉开式是装饰，因为加上了流苏，悬挂式样，以及各种新的质料和花款。

乔治亚式房子，一般窗子不多，因为要缴窗门税。这税，当时是为了补贴军需，英国要和法国打仗，又要供养远赴北美殖民地的军人。有时，税项是为了替代健康税（health tax)。每一户人家要缴窗户基本税二先令，如果房子大，有十至二十个窗，则缴八先令。一七四六年又做修定，除了基本窗税外，凡十至十四个窗的要另缴每窗六便士；十五至十九个窗，缴九便士；多于十九个窗，每窗要缴一先令。到了十九世纪的一八二五年，凡窗子在八扇以下可免税。窗户税迟至一八五九年才废除。

我的乔治亚房子有九扇窗，基本税为二先令，不必另缴，所以九个窗最好。当时，四分之三的英国国民一年的收入约五十镑，很多人的年均收入才只有十五镑呢。门是木门，后来不加玻璃，只有门顶上做一个扇形窗，使光线透入廊厅。门和窗户同一韵律，直长方形，分为六格板拼砌，正方、长方。整座房子的立面，都一式的直长方形线条，显得均匀、和谐。

我有时想，如果现代的房子要缴窗户税，那些玻璃幕墙如何计算？

61

大部分英国人住在乡下。富有的贵族和乡绅住在大庄园中的豪华别墅中，形成一个个小小的权力中心，仿佛独立成国，拥有一群佃户、教区、农民和工匠。他们成为法律的主持者，救济贫苦的慈善家。好的贵族和乡绅得到农民的拥戴。这些，在菲尔丁的作品中描述得很生动。

他们的日常活动是打猎，几乎每周四五次。农田的扩展使树林中再也没有麋鹿了，只能猎狐狸和兔子。由于狩猎盛行，地主不得不为保护自己的土地而加建围栏，不准别人在领土中捕猎。马匹和猎犬都得训练成跳栏高手。平日饮食，肉类除了鸡鸭牛羊，还吃打猎所得的禽鸟，包括野鸭、天鹅、夜莺；海产多吃蚝。香蕉、葡萄是珍贵的水果。饮品除了咖啡和茶，还有啤酒、毡酒、红酒、白酒和砵酒，上两个世纪的运动如击剑和射箭已不流行。禽鸟都是用枪射杀。钓鱼则没有受淘汰。在家中则玩牌、打桌球、下棋。农民的娱乐是喝酒、斗鸡，看乡绅们比赛板球。

城中的贵族和乡绅有时也来度假，平日看戏，参加舞会，尤其是爱泡俱乐部，不但可以聚友聊天喝酒，还可赌钱。高文花园一带更是夜店林立，酒吧、咖啡屋，还有蒸汽浴室。如果一家出外游逛，则到花园去散步，穿上华衣美服，既要看人也要被人看。咖啡屋常常是文化人的聚集地，在这里高谈阔论，天文地理、政治、经济、文学都是话题。淑女们除了乘马车，在窄狭的小巷中还乘小轿，由二人抬行，田地泥泞的道路并不易走。

戏院有了很大的转变，在莎士比亚时代，舞台有一半伸到人群中，观众在台前可以自由行走；特权人物还在台上观看，台上两侧撑起大柱，像两棵大树遮住舞台。稍后，从法国路易十四时期吹来了风尚，舞台在剧院中退后，观众都设座席，远远欣赏，环境也清洁、高雅得多，更适合淑女们进场。剧院的建造使皇室可以坐在大堂前，观众和台上的演员也不再打成一片，这一形式沿袭至今。剧院的设计，也适合音乐会，当时的音乐家是从德国来的韩德尔，他的水上音乐和皇家烟花都是献给国王的，由于常常开慈善音乐会，很受英国人喜爱。他的《哈里路亚》合唱，连乔治二世也站起来喝彩。不知道当时的剧院要点多少蜡烛才够。正是由于照明不足，才发明了舞台的脚灯（footlights，当时也是蜡烛）。

62

英国《彼得兔子》的作者波特（Beatrix Potter）家里也有一座娃娃屋，二层高，楼上是一个大厅，楼下是厨房和育儿房。波特写过一篇两只坏老鼠的故事，说两只老鼠跑进了娃娃屋，起初很高兴，因为厨房里有许多食物，可是马上就大为生气，原来娃娃食物都是假的，吃不得。于是把所有东西都捣乱一通。故事中娃娃屋的原型，来自出版商诺曼·沃纳（Norman Warne）为侄女建造的娃娃屋，这位沃纳先生后来成为波特女士的未婚夫，未成婚就急病过世了。波特看过娃娃屋的照片，按照片构思、绘图。此外，为了写好这个故事，波特自己动手做了一些袖珍食物：肉、蛋糕、水果等等。我想，这可能也是对沃纳先生的一种纪念吧。故事写完，却也不想把用心做的食物扔掉，自己也买了座娃娃屋，就连同小摆设，都放进屋子里。这娃娃屋如今仍然保存在波特位于英国湖区山顶（Hill Top）的老家，在三楼的一个小房间里。

山顶故居中的玩具屋没有灯，二十世纪初，还不懂得加添灯饰，所以比较昏暗，育儿室的内墙根本看不见。幸好我早有准备，带来了电筒，才看见红砖的壁炉。这座小屋的大厅相当宽长，可以容纳许多家具，布置也很不错，红色的墙纸上有灰色的草卷花叶。厨房的墙纸是很大的紫茜色花纹，食物摆在桌上、地上，两只白胖胖的老鼠，站在椅子上，很快乐的样子，以为发现了宝藏。

○ 电影《波特小姐》开场不多久，就看到还是小女孩的波特也有一个很大的玩具屋，导演把玩具屋放在前景，穿过玩具屋让我们看见后面的波特。

○ 翻波特的传记，可没有小时玩玩具屋的记载，这是导演的巧思。

○ 当然，这不是没有可能的，不过英式玩具屋屋背没有木板，就很少见。

英国Bethnal Green童年博物馆的玩具屋很丰富。博物馆像个大货仓，天花板极高，分为两层，收藏了各式各样的儿童衣物和玩具，古今娃娃屋三十七座，年代从一七六〇年起，以至二十一世纪。古典的德国、荷兰娃娃屋常见，现代的就不易见了。博物馆中的现代藏品有麦金托什（C. R. Mackintosh）的大娃娃屋，入门口是两层高的大堂，一盏大吊灯由屋顶的天花垂悬到楼下。这屋子的家具和灯饰全作麦金托什式，简约漂亮，一反维多利亚杂货铺式布置。另一座是七彩透明的塑胶屋，通透有余，却嫌单薄。

镇馆之宝，当然是《泰特楼》，乔治亚式，一七六〇年的制品。建筑的外貌，气派不凡，三层高，另有脚座，正门两旁双段楼梯，共六个房间，每个独立板壁开启。板上的墙纸和室内相同，连成系列，餐厅和客厅都用板格式（panelling）装潢，家具简约精致，体现了十八世纪乔治亚风格。房子可以分拆，看来也容易砌合。另一精品是《迈尔斯小姐玩具屋》，一八八七年的作品，后期维多利亚风格，三层高，共十个房间，另有三个楼梯间。特色是房间的间隔自由，可大可小。例如二楼的客厅和桌球室特别大，占两间房的阔度，于是可以容纳多套桌椅。两个小小的房间则堆放杂物。屋内人物众多，都衣饰华丽，难得的面貌娟好。屋子充满了时代气息，因为摆放了电话、吸尘机等。肉店、厨房等盒子房间特多，有的屋子曲曲折折，有的带天台。最有趣的是家具，一套是德国象牙家具，配上满墙花朵蝴蝶格板装饰，原来是俄罗斯珍品。

○ 许多年前，我在九龙一所公立图书馆内见到一本大图册，讲的是一座很大的微型屋，图文并茂，那微型屋其实是一座皇宫；它并非送给小朋友的，而是献给玛丽皇后的礼物。

○ 英国第一次世界大战时英王乔治五世的夫人玛丽皇后。

○ 对了，因为他们带领国民度过了艰苦的岁月，有人就提议送一件礼物致意。可是送什么好呢。

○ 送什么好呢？

〇 皇后的童年友伴露以思公主知道皇后自幼喜欢珍奇小玩意，于是和建筑师鲁恩斯（Edwin Lutyens）商议，由他设计，特制一间微型玩具屋作礼物。他们找来了室内设计师、织布师、木工、水喉匠等专才，一起制作。屋子建成于一九二一年，六十二吋乘一百吋长阔，在温布莱公园展出，轰动一时。其后一直放在温莎堡展出。温莎堡曾发生火警，幸好没有波及。大图册一年后出版，在图册上，细节才看得分明。这屋子既非宫殿也不是城堡，而是一座方形新古典建筑，是皇宫的真实写照。王室生活的厅堂、卧室一一再现，室内布置家具、摆设也一丝不苟，当然也有电灯。图册我借来看过，一直不忘。

〇 我也可以借来看看么？

〇 似乎不可以，因为这一阵，我到图书馆去，再也没见到这本图册了。我最记得的是木箱似的马桶。英国著名大玩具屋，除此之外，还有《泰坦尼亚宫》，足有十呎阔，二层高，有十六个房间，那是想象的建筑，是给童话仙子住的，现存于丹麦。

〇 那是最大的玩具屋？

〇 最大的玩具屋还是十八世纪德国一位杜乐妃公主的作品，她建的可不是一幢房子，而是要建整个宫殿，包括宫殿所在的城市、乡村、街道、店铺、修道院。这作品放在博物馆中占去七个房间，场景多达八十个，大大小小玩偶超过四千，宫殿名“Mon plaisir”，意思是“我的所爱”。装置、家具都精美极了，人物衣饰华丽；反映宫廷生活，比文字生动具体许多。如果要拍电影、演舞台剧，布景师只需重现玩具屋的景象，也不必去翻查文献了。

○ 美国呢？

○ 美国没有宫殿，最高的权力机构是白宫，最大的玩具屋就是白宫，同样是依照原物仿建，制作人为了依样葫芦，申请入宫拍摄原样也花了许多年，因为中间换了总统，又有总统被刺。美国还有一座大玩具屋，是荷里活明星歌莲·摩亚动员片场的布景师、美指等专人建造的童话仙堡，房子砌拼起来共二百散件，重十吨。巡回展览时，砌一次也要四天。许多家具用品设计特别，和童话故事呼应。美国玩具屋的特色是视野较阔，反映印第安人、黑人生活，又有不少西部牛仔的房间盒子。

我参观温莎宫，反而是为了要看这大房子里的袖珍版。袖珍版放在游客参观温莎宫路线入口的一个房间内，游客鱼贯进入，只能绕大屋子走一圈，不能久留。我前后排了两次队，也只是走马看花。屋子真大，共四层高；正门外有小花园。外貌是希腊式，门窗上都砌上三角楣，正门建科林斯柱式，立雕像，屋顶加栏杆环绕。整个建筑呈长立方形。和一般的娃娃屋不同，板壁不能开启，而是整整四幅墙体相连，一并吊起，仿佛打开一个巨人的鞋盒子。

地库是六间车房，不但有最漂亮的劳斯莱斯汽车，还有巴士、消防车、电单车和脚踏车。地窖有冷藏库，储备小酒瓶，楼间有楼梯、电梯、电熨斗、衣车，都通电可用。浴室有药柜，水喉有水，厕所可冲。

屋子的四面都是房间，每一面的中心是大房间，分别为餐厅、沙龙、图书室、国王卧室、大堂、皇后卧室、正门厅、厨房；旁边则是小房间。国王和皇后的卧室，都是套房，两旁分设浴室和服装间。三楼则是日、夜儿童室，管家房、棉织物房（放床单、枕套、餐巾、桌布等物），总共约三十多个房间，还不包括楼梯间、走道和小门厅。地库也有酒窖。室内设计除了富丽堂皇，家具、摆设都制作精巧，无不准确精细，不但电梯可以升降，连浴室都有冷热水分流。画幅由画家绘作，银器、书本、陶瓷也有专家特制，俨如真的皇宫。图书馆里每本书都可以翻阅，有《圣经》、《可兰经》、莎士比亚、英文字典、英国历史、彭斯诗集、狄更斯小说、法国儿童读本。书本都烫金精装，还贴有藏书票。屋子是一比十二，一百零二吋阔，五十八点五吋深，六十吋高。我最喜欢的是皇后客厅仿竹的椅子。

○ 在英国看玩具屋，除了要到温莎宫，也不可错过能宁顿大堂（Nunnington Hall）里嘉莱尔太太（Mrs Carlisle）的藏品。这位嘉莱尔太太曾在修道院中生活，做得一手好女红。她擅长绣花，不是用丝线绣在抽纱棉布上，而是用羊毛绣在麻布上，那其实是做织锦匣（tapestry），像织地毡。

○ 我想，她家中的椅垫、桌布，地毡等，都是她的手艺吧。

○ 她愈绣愈多，又喜欢小家具，就给小家具绣椅垫、椅枕，这么多的漂亮小玩具，得有个地方收藏才好，于是想到玩具屋。嘉莱尔先生是富有的保险经纪，使她可以聘请袖珍家具名家，例如阿尔板·里维斯（Albert Reeves）为她的玩具屋制造家具，家具的布饰，当然是她自己的作品。里维斯精于木工和陶瓷，最擅长制造古钢琴（spinet），跟嘉莱尔的手艺搭配收到牡丹绿叶的效果。后来她把这批家具送给国家基金会。

○ 能宁顿大堂离伦敦市中心较远。

○ 还是值得的，这是座古老的十七世纪房子，屋主是普雷斯顿爵士，是查理二世的驻法外交官。单看房子和花园也不虚此行。嘉莱尔的藏品共二十二件，分放在大屋的阁楼，一共三大房间。第一个房间只放个四层高的角橱。橱架都摆满瓷器、铜器、锡器等精致的壶罐杯碟。展场的第二个房间才是主角。沿墙摆放了十多件珍品。嘉莱尔从不建造娃娃屋，只专心设计房间盒子（roombox）。

○ 房间盒子?

○ 房间盒子。她是为一万件袖珍藏品找安身所，并不是要替玩偶造房子，布置一家的生活。她的设计往往是即兴的，例如因为搜集了几件日本乐器，就布置一间音乐室。她擅长刺绣，所以，设计了英国十六、十七世纪等房间，好替它们绣地毯、椅垫、挂饰。至于房间的板壁、火炉、家具，则请专家炮制。房间的特色是在正面墙上开洞，不致封闭局促，仿佛门外另有更多的空间。嘉莱尔的作品比例较大，是一比八，其中的柏拉底奥大堂（Palladian Hall）有两层高，靠窗摆放，光线透入，更加清晰明亮，虽然房间内部都没有灯。

○ 这展馆你最喜欢的是什么?

〇 最喜欢的是维多利亚画廊，满墙水彩画，一列四把椅子全部背向观众，那是看画的布置。其他房间也各有特色，游戏室有许多类棋，睡房有手工桌和蕾丝桌，图书室有取书梯，每室都呈现不同朝代的风尚，细节详尽。书刊上虽有介绍，但图片都不完整、齐全。

63

美国的桑妮太太（Mrs Thorne）是另一位很特别的微型房子设计家。她的设计，最早来自观看土耳其的皮影戏，舞台像盒子，这启发了她，她开始用盒子布置一个个不同的厅堂，多得要租地方来摆放。当时，美国的一些博物馆开始展示室内布置的房间，许多富裕的家庭也模仿古典时期的设计来布置房间，并且摆放相关的艺术品和古董，例如十八世纪厅堂、中国厅堂等。桑妮因此想到她也可以布置不同的厅堂，重现不同历史时期的室内设计。嘉莱尔太太的设计是即兴的，她则从历史着眼，有系统地设计。她努力不倦，一共设计了三个系列，首先是三十个房间；另一个是“欧洲设计史”，三十一个房间；第三个是“美国室内装饰”，三十七间。后两组，一九四〇年都送了给芝加哥美术馆。

桑妮太太同样并不建房子，只构思主题、布置，她也不动手做，而是雇用专家，所有的家具、摆设件件是精品，和原物一模一样，天花、墙纸、壁板、窗帘、门框、地板也都一丝不苟，单看照片，使人认为是原貌，哪知是袖珍模型哩。当然，这样的微型屋一定非常昂贵，而桑妮太太很富有，丈夫是大公司的总裁。她的设计都有蓝图和详细说明，也都和作品一起展出。她的工作室共有超过三十个为她制作和装修的全职专家，她真像一个导演，同时是监制。桑妮和嘉莱尔这两位太太都活到八十多岁，当年算是长寿，是由于专注微型房间，心平气和吧。

—玛丽安。

—汤姆。

—有叔叔的消息吗？

—没有。

—他离开好几个月了。

—四个半月，汤姆少爷。

—他会想念我们吗？我多么想念他呢。

—会的，他当然会，我也是。

另一位玩具屋的著名人物，是英国的慧云·葛林（Vivien

Greene）。她不是创造者，而是收藏家。她的第一幢玩具屋得自偶然。由于战争，她的家毁了，搬新居时，重置家具，她到卖物会去找，因为价格较廉，战乱时期，经济条件不好。在卖物会上，她见到一幢玩具屋，随便买回家，在灯火管制的日子，布置玩具屋成为唯一的娱乐。从此，她收藏玩具屋了。她不远千里去寻找，能买的就买，有的只能要求屋主让她参观，有的就在垃圾堆、旧阁楼、破院子中拯救过来。她替每幢屋子做笔记、绘图，写下见到时的情况，屋内的布置，家具的位置，玩偶的数目、衣饰，等等。她见到的屋子超过一千五百座。而她自己家中的玩具屋也愈积愈多，单是睡房，就站了十二幢袖珍楼房。

葛林太太为收藏编了一本书。读者看了，都想参观。到那时，她的经济情况转好，寓所连着花园，她就请人在花园中建了一座圆形的二层建筑，把藏品放进去，成为玩具屋博物馆，开放参观。

四十年来她不断搜集，足迹遍欧洲，不辞劳苦，例如要办许多繁复的手续，穿过柏林围墙到东德去，没有胶卷拍摄，只好绘描。帮助她的人也不少，她的丈夫正是著名小说家格兰·葛林（Graham Greene）。她的藏品，以英国十八世纪及十九世纪为主，能修就修，替房子糊墙纸，放入家具，替玩偶做衣服：

有的太破烂，她就尽量维持原状。一九九五年她出版了第三本收藏集，共展示四十座屋子，都附有说明，成为英国玩具屋史的经典。

英式玩具屋始终重视建筑的外貌，内部装饰不及荷兰的豪华，却能反映当时的生活。葛林女士收藏的一幢名叫Portobells的房子特别令我惊讶，那是一七〇〇年的制作，客厅的一张圆桌上，竟然摆放了一副天九牌。布置的人必定很熟悉中国的民间游戏，懂得这游戏，因为在另一张圆桌上，又有两只“天九”牌，一只是“天”，一只是“九”。如果不懂得，就不会文武配对。此外，玩具屋中摆了中国花瓶原本很普遍，但这房子的饭厅桌上，竟有米通花的碗碟，可见三百年前，米通花的食具已传到了海外，而且是袖珍版，大概是给小孩子玩家家酒的吧。

## 64

我不知道葛林有否写过娃娃屋的题材，但以娃娃屋作为题材、背景的小说显然并不多，较有名的是曼斯菲尔德（Katherine Mansfield）的短篇：《娃娃屋》（*The Doll's House*），小说写一位太太为伯尼尔一家三小姐妹送来了一个娃娃屋，屋子很大，就放在庭院里。三姐妹高兴得不得了，回到学校告诉同学，并且每次容许两个同学到来参观。三姐妹里，大姐最喜欢发号施令。

同学都来看过娃娃屋了，只有凯维两个小姐妹，也多么好奇，多么渴望开开眼界呢，却不获邀请，因为她们的母亲是个洗衣妇，挨户接送衣服，而父亲，大家都说他在坐牢。连大人、老师都排斥她们。姐妹俩，妹妹很有趣，叫“我们的埃尔丝”，瘦小，有一双大而庄严的眼睛，一身白衣，像一头白色猫头鹰。她总是紧贴在姐姐的背后，牵着她的衣衫，从来不笑，也绝少说话，有什么想表达，就拉动姐姐的衣衫，姐姐总会转过头来。这学校，各阶层人都有，因为周围只此一家，别无选择；有法官的女儿、医生的女儿、牛奶商的女儿，还包括那些粗野难驯的男孩。

这娃娃屋，曼斯菲尔德细致地描写：初来时还留有油彩的气味，但谁会介意呢。它有两个烟囱，红、白色，四个真正的窗，还有小小的门廊，垂悬着干了的漆。打开来，所有的房间都贴了墙纸，墙上有画，加上金色的画框；除了厨房，地上都铺上地毯。客厅有红色的椅子，饭厅则是绿色。桌子、睡床都铺上真正的桌布、床褥。屋子最特别的地方，据三姐妹里最小的凯丝雅说，是那一盏灯，放在饭厅桌子的正中间。玩偶照例有四个：父母在客厅里，另外两个孩子则在楼上睡觉。他们都嫌太大，跟娃娃屋不合比例。只有那盏灯，最完美，好像对凯丝雅微笑，说“我住在这里”。

不过这是什么类型的娃娃屋，曼斯菲尔德并没有说明。后来，伯尼尔的大姐和同学嘲弄两姐妹：你们的父亲原来是囚犯呵；小妹凯丝雅决定偷偷让她们来庭院参观。阿姨发现后，马上驱走这两个小叫花似的闯客，她先前收到某某男士的一封信，执意要跟她见面，否则就会找上门来，令她忐忑不安。赶走了这两姐妹后，心情反而舒服得多。小说最后写两姐妹出来后，小妹对大姐说：我看到那盏灯了。她少有地笑了。

这小说写于一九二一年，背景是纽西兰，可反映了英国人的势利，渗透到这里那里。娃娃屋成为彰显阶级意识的工具，但那种阶级严明的观念，来自大人的教诲。收结真好，终究寄托了希望，即使很微茫。那盏灯，只有那个不那么势利的小妹最是留神，让“我们的埃尔丝”分享了。许多年后，一位纽西兰的毛利族（Maori）作家Witi Ihimaera为这小说写出续篇，名为《洗衣妇的女儿》，他写“我们的埃尔丝”长大后在伦敦成为高等法院的法官，因为周年校庆，重访故地。

至于其他的娃娃屋小说，或写给七岁至十岁，或写给九岁至十二岁，都是儿童读物；不然，就是恐怖的故事，娃娃屋里有鬼怪，儿童不宜。

## 65

十八世纪最特殊的室内装饰不是油画，而是印刷品。这时候摄影机还没有发明，并没有照片可供装挂，银版摄影要到维多利亚的一八三九年才面世。一般的家庭只挂油画，内容主要是家族的祖辈，儿童很少出现，他们显然不受重视，反而心爱的猎犬，哈巴狗备受宠爱，与主人相依相偎。贵族青年的大旅行，开阔了眼界，买回不少风景图片和素描。这时，印刷术发达，不但书籍的出版蓬勃，连带插画、版画都风行。报纸、杂志上也多了图片。热门的图片有著名的人物动态、乡郊风景、帆船、海洋，当然都是画的、刻的，蚀制的原稿。把这些图片搜集、剪辑、镶嵌，挂在墙上的是开明的主妇，老是绣花、弹琴，必定会沉闷得发慌；新鲜的图片吸引她们。

怎样把图片悬挂呢，不像油画得用烫金细雕的框架镶嵌，而是用朴素的黑木框。丝带有了新的用途，长长的丝带，顶上打一个蝴蝶结，两端下垂，图片就挂在丝带上，像一串香蕉。在印刷图片还不风行的时代，丝带上悬挂的就是瓷碟，总是三四只排成直行，自成体系。这时，房间多的豪邸，索性会辟一间印刷室（printing room），专门展示印刷品，或者以一幅墙，一个角落，壁炉四周，甚至一道三四折的屏风，挂满印刷品。这也不错，宾客和朋友来访就有了新鲜的话题，因为印刷品的内容常常是时鲜的景物和新闻，谁也不能落后，得追上潮流，图片也是一种时装。有时，图片并不入框，而是直接粘在墙上，丝带也不用，而是画上去，自古罗马就流传下来的掩眼法。

乔屋再也挤不出房间做印刷室了。这样吧，把楼梯旁的墙壁用来挂印刷品吧，拼贴些海洋、乡舍、船只的图片。咦，原来也很特别，黑白的图片和彩色的油画相映成趣，各有风采。十八世纪真是变化多端。

黛西：

谢谢你告诉我杰克·谢泼德问吊的情况，一个人真不要行差踏错，他多么年轻。

爱德华二老爷走后一直没有消息。我听到老爷和太太一次谈话时提及他，老爷说他回来后整个人都变了，不再像一个约翰牛，如今到了一个“美丽的新世界”。

哪里是“美丽的新世界”呢？他离开的那天曾经回来跟老爷话别，我在少爷的房间遇见他，他跟我谈话。他告诉我大概会到伦敦去，做一个什么的通讯员。也许，机缘巧合的话，你会碰到他，那么请代我们问候他，你知道，他一直很随和。

希望他平安、顺利，过三数年后回来。我们都非常怀念他。

玛丽安

又及：谢谢你寄来的《婢仆须知》一书，这位爱尔兰作家实在很有趣，随便翻翻，也可以化解愁闷。比方这一条，他写：如果你奉命拿了钱去买东西，刚好又手头拮据，就把那笔钱袋袋平安好了，你只需把账记在主人名下，这对主人和你都很体面，因为你的推荐，他成为了有信誉的人了。又如这一条：主人不喊叫三四次，你也不要回应他，因为只有狗才会一听到哨声就跑过去。主人大叫“谁在那里？”也不要应他，因为“谁在那里”可不是人的名字。

66

走下博物馆的楼梯，仿佛已经进入一座特别的娃娃屋子了，因为四周的墙，竟设计成十六世纪建筑的都铎式房子。其特色是木与砖，是一种timber house，墙体由木构成框架，中间的空隙填上砖块泥层。完成后可见粉白的墙和褐色的木条。木条还砌成图案，除直、横的条子，还有弧曲形。这种房子的窗子是方形凸窗，玻璃内含网纹。博物馆里，也做了类似的几个窗子，可见心思。

这是台湾袖珍博物馆，是目前亚洲唯一的娃娃屋博物馆。馆藏以娃娃屋为主，还包括大娃娃、袖珍娃娃、家具、餐具等。古典大娃娃都很漂亮。入门一座《加州玫瑰豪宅》，足有一张大餐桌的面积，房间众多，灯盏辉煌，窗玻璃上做出彩嵌的效果，是一特色。好几座娃娃屋都是三四层高，建筑外貌多彩多姿，室内布置华丽，家具也很精致。我很喜欢《法国名邸》，中间回旋楼梯，由下而上三楼；房间在左右两边，内外都很仔细。地下一层有一个很漂亮的瓷砖火炉。一般娃娃屋，大都色泽褐暗，它独有法式的明亮。

除了住宅，另一类是房间盒子，可以集中布置一个客厅、卧室，或者设计一条街道，每个盒子是一间店铺；当然也可以是一个场景，像《歌剧魅影》，就是戏剧的场面，内有戏服人物、镜子等精致布置。此外，又有童话故事的演绎，如《格列佛游记》。这馆的作品大多来自美国，所以当我看到呈现旧伦敦东郊贫民的制作，印象特别深刻，那是几座破旧黝黑的房子，有各类低下层人的沉沦和挣扎，跟《白金汉宫》的生活形成强烈的对比，那座巨大的宫殿，最瞩目的是下层一张华丽的长餐桌，贫富悬殊可以到这个地步，如果说娃娃屋对孩童有教育意义，这就是了。

博物馆除了恒展，还有特展，每年举行娃娃屋设计比赛，让大家，尤其是年轻人可以参与、展出。二〇〇八年的比赛题目是《甜蜜卧室》，展品众多，是现实的反映，也是理想的表现，水平都很不错，看来办得有声有色。其中我喜欢《中国小姐的闺房》，因为架子床和面盆架都做得不错；希腊式房间则蓝白配色统一明目，室内一幅隔墙很有心思，分出几个内部空间，既隔又连。椅子比赛我也喜欢，那把A字形椅子，线条多么简练，很独特的三脚凳，并不输给外国的大师。

当然，整个展馆，台湾特色尚未彰显，但私人开创不久，已经很了不起了，从历届比赛的主题来看，显然也在向这方面努力。终于，有一天，相信藏品会包括自己名家的制作。

这展馆可以令台湾人引以为荣，令香港人羡慕、佩服。如果我家住台北，我会像逛书店那样，常常来。

## 67

打破屋子的框框，以盒子形式代替，并非二十世纪的新事物，早在纽伦堡的厨房布置就有了。不过二十世纪后大行，显然是由于美国的发扬。我想，美国立国较迟，无所谓都铎式、乔治亚式，那是移民的记忆，另一个较好的说法是，没有包袱。事实上，形式往往限定了内容。即使一幢很大的房子，房间数十个，也不外是多了睡房、浴室、客厅、客房等等，可以发挥的毕竟有限。如果收藏家拥有不同类型、不同年代的房子，内部也不外是那几种变化。设计家改用房间盒子，只设计主题。于是喜欢厨房历史的可以只设计不同年代的厨房，其他浴室、睡房也是一样。房间盒子比整座楼房更像舞台，楼上楼下，易于分隔，活动都在这空间进行。房间盒子设计者于是获得更大的自由，也不必兼顾邻室。盒子，不需要外部装修，不占地方，又可以叠砌起来，一系列展览。而且整幢玩具屋则较重，搬动艰难。房间盒子轻，拿到玩具屋交流会观摩，方便携带。在英、美，玩具屋交流会是很流行的社会活动。

房屋形式解放了，同时也扩大了内容，以前只是一幢房子，一个家庭，渐渐地，由于房间盒子流行，任何场景都可以再现，商店、花园，也出现了新景象，商店可以是紧贴时代的快餐店、的士高，花园也可以是摩洛哥花园、日本花园，甚至有人设计法庭审案、丧礼灵堂。这些严肃、悲哀的人世物事，已远离了儿童快乐、单纯的世界。再进一步，设计贫民区、游行、集中营，有何不可？这些地方，更不应该有漂亮的外框了。

玩偶的面貌也不再是白马王子、公主；有些更极尽古怪之能事，以丑为美，各色人种也多了许多。房间盒子瓦解了固定的形式，可以呈现任何场景。

—喂，喂。

—咦，汤姆，你叫我吗？

—是的，你，你叫什么名字？

—叫我爱伦吧。

—原来你也有英文名字。

—我读中学的时候，班主任是英国人。她在黑板上列了许多名字，让全班同学挑选。我选到最后，好像好名字都给同学选去了，只剩下爱伦。

—喔。

—你找我什么事？

—帮帮我，行不行？

—怎么帮？

—爱德华叔叔走了五个月了，让他回来，留在我们家，不要走。

—这个……

—我家这么大，人又少，又空着客房，叔叔又不是外人。

—他到其他地方去，他想做许多许多事情。

—那他之前又为什么要去当兵?

—为了保卫你们的国家。

—法国人打我们，我们当然要保卫国家。可是跑到老远的美洲去打仗，又保卫谁了?

—入了军队，军令如山。

—如果不是保卫国家呢?

—那可以是国家的利益，你迟早会发觉，掌握权力的政客会解释，国家的利益，可以在很遥远的地方，会把打仗说得合情合理。

—你也掌握权力吗? 爱伦?

—我? 我也只是一个角色。我只有权利，我只有建造我自己房子的权利，譬如说我的房子里有些什么家具之类，这个是我必须保卫的。

—但你可以令叔叔留下来。

—汤姆，叔叔是成年的男子汉，是不是?

—对。

—他不是乔家长子。

—对。

—这也好，他得出外工作，出外闯荡，一直窝在家里，岂不变了寄生虫?

—这个……

—如果叔叔不出外工作，又怎能结识女朋友，组织自己的家庭?

—他可以参加舞会，那里会有许多漂亮的小姐。

—如果叔叔自己也养不活自己，呆在哥哥的家里，你以为有姑娘会愿意嫁给他吗?

—唉。

—他要为自己打算，他要过自己的生活。到了这个地步，你知道吗，我也拿他没有办法。你一定太孤寂了。不过你妈妈不久会诞下一个弟弟，你不就有了玩伴?

—不要弟弟，不要弟弟。他不是长子，将来也会像叔叔那样要去当兵，会打仗，会受伤或者会死亡。

—那么，妹妹吧。你会有一个妹妹，和你一起游戏，希望乔先生乔太太不反对吧。这个妹妹，将来可能会写出几本杰出的小说来。

## 68

**英美年轻的屋迷不多，因为玩物太多了，精力也太盛，反**

而是他们的父母、姨母姑妈，以至退休的老人家、夫妇，才深爱这些小小的屋子。这要拜玩具商所赐，每年，几乎每月，不是这个城市，就是那个小镇，都要举行玩具屋展，规模有大有小，大的如同贸易展览，嘉年华似的，人山人海。展览会其实也是展销会，玩具商、个体户争相展出制品，包括屋子、盒子，各种家具、厨具、食物、园艺、玩偶。于是屋迷们像蜜蜂飞向花丛，赏花采蜜，很少空手而回。平日呢，各地的屋迷会，也会定时聚会，展示交流，或者合作各展才能：缝钮的缝钮，做胶塑的做胶塑，做木工的做木工，做出作品参加期刊杂志举办的比赛。屋迷会又可以通过电邮联系；一有什么大赛、大展，有的不辞长途飞行、车行，前来聚会。

屋迷有时真像上了瘾的酒徒，难以自拔。一名女子说，她家中已有几座屋子，但经过那些慈善卖物会，见到一座，又买了回家。一位退休的老先生，本是工程师，会木工，做了一些很漂亮的房子。他说家中的地面已经摆满了玩具屋，于是改为制造房间盒子，好挂在墙上，可是不久，墙上又挂满了，如此下去，不知如何收场。一位女子，建一座二层高的房子，看看不够用，多加一层，仍不够，又再加建，已建了五层高，竟说还没有工人房，不无遗憾，只好继续在阁楼发展。这座五层高的大厦，在地面，左右各延伸了一个花园，二楼又外加露台；

至于地库，则建了五个房间，另外开了一家缝钮店，花边钮扣一应俱全，一百幅布，没有一幅相同，衣模披上了漂亮的婚纱。我替她数过了，这幢房子，睡房五间，厅堂五间，连厢房、餐厅、浴室、店铺、杂物房，共十六间房，还不算楼梯天井的空间。屋主说，本来屋中不打算放玩偶，但每次上展销会，看见了忍不住买一两个，结果，屋子内玩偶就多了。而每个室内挤满了家具，因为是维多利亚式的，所以可以像杂货铺，也无特殊风格可言。我不知道这幢屋子挤满之后，她会不会另建一所大厦。

但香港的玩具屋迷，毕竟属少数；狂热者更少。玩具屋的发展，在香港有很大的困限，一面受地方的限制，一般人的家居少有余裕的空间；另一面工作忙碌，步伐紧逼，闲，是有的，但没有闲情。闲情是一种生活的态度。没有闲情，则闲时游戏，也是一味追求刺激；那是消极的游戏。斯密当年说的“经济人”，许多年后体现在香港人身上，凡事从经济着眼。这么一个小小的地方，以地产商最走运，社会的发展，由地产商牵着走；当年羊吃人，如今呢，是屋吃人，楼宇成为一般人最大的开支，多少人为了居住问题，成为负资产，半生受房屋的摆布。我们的教育，越改越狭隘，务实有余，还会培养孩子审美的想象吗？会教教他们做微型家具，做毛熊，做布偶，自己创制各种各样的玩具？多少有创意的小店铺，到头来撑不住，不是顾客太不足，而是业主不断加租。香港唯一的一间玩具屋店，我曾经多次流连，认识一些朋友，忽然因为租金昂贵，倒闭了。

69

玩具屋所以吸引主妇，据说是因为她们平日接触的就是厨房、窗帘、椅桌，那是最亲切的东西，不但教育小朋友，又寄托自己的梦想。艺术家是不这么看的，他们不会轻易满足，要想方设法改进这游戏，像美国的一群袖珍艺术工作者，固然打破了玩具屋的框架，改用大小的盒子，他们更自己制造袖珍家具。珍·法里曼（J. Freeman）是其中一位，她的特色是一切自己动手做，并且利用各种现成物件，再加转化，就像毕加索用脚踏车变成牛头，杜尚以小便池化为喷泉。她常常搜集废料，捡拾垃圾，再加以设计，不讲细节，但求传神。这是不错的，废料垃圾可能带菌，艺术家就不理了。从事袖珍设计的美国艺术家，从内部物件出发，由内而外，他们把玩具屋变成了装置艺术，只不过是微型的装置罢了。艺术贵乎创新，法里曼指出，桑妮太太的作品极优美，却似不食人间烟火。她认为袖珍屋应该生活化。

通过旅游、书本杂志，我总算见过不少玩具屋，除了经典的不算，二十世纪的许多屋子，尤其是当代的，的确不免循循相因，大多是一家四口，加上祖父母，永远是四至六个房间，因为供应商的出品都不外如是，从墙纸、家具，都变得程式化，例外甚少。我喜欢一位名叫珍·尼丝比特（Jean Nisbett）的女士写的几本书。她很详细地告诉我们如何从头布置一幢玩具房子，她向读者示范，房子不需大，四个房间，自己动手，如何利用平常的碎布、钮扣、小物件，做壁炉、屏风、沙发、桌椅，花钱不多，又用博物馆、杂志图片来装饰。她的室内设计，家具只有三数件，只要点出朝代面貌就行。她说得好，家具嘛，与其加，不如减；真要添加，必须精选，贵精不贵多。

按照法里曼、尼丝比特等人的意见，我是明显不及格了。我既不会利用废料做家具零件，又没有放弃玩具屋，更没有设计的本领，还有，我喜欢比较整齐清洁的室内布置，看来又不够生活化了。

我就试试改善吧，为了使我的玩具屋不那么千篇一律，不那么呆滞，我会尽量打开一个橱门，打开一本书，绣半幅刺绣，当然，我的玩具屋要有人气，所以有人偶，就让他们看书、谈天，各给他们一杯茶，一点甜食。

另一个办法是走向超现实，从书本中找到格列佛的画像，彩印缩成二吋高的样子，用硬纸板糊上支撑，放进屋子里。啊，这就是童话小说啦，我的玩具屋变成格列佛游记了。也可以向画家玛格列特学习，在房间中放一把比例特大的梳子、蔬果、水瓶等，成为超现实的世界，我的玩具屋就不致太呆板了吧。

我喜欢的是建筑和家具，我可以用纸板做屋子和家具，加上图画，摆满了一屋子，我的乔治亚变身成为小小的纸板建筑，变成家具博物馆。英国的铁路可以变成艺术馆，荷兰的教室可以改为博物馆，香港的牛棚变为学舍、展览室，这叫“跨界规划”（cross-programming）。是的，为什么要限制自己呢。

70

—爱伦。

—?

—爱伦。

—?

—爱伦。

—是你叫我吗？汤姆。

—喔。我可以问你一个问题吗？

—可以。

—就一个问题吧，你不见我忙着我们的乔治亚吗？

—那天我特别走进父亲的书房，问了他一个问题。

—什么问题？父亲没有怪责你？

—没有，我只想问：法国的革命，会发生在英国吗？他说法国是暴乱，每天有许多人被送上断头台，英国可不会。

—的确不会。

—但叔叔说那里提出自由、民主、人权等等，那是很好的东西。

—这真是复杂的问题。汤姆，这世上还没有一种适合所有人的制度，而且各有发展的过程，千丝万缕的历史渊源。英国也经过“光荣革命”，更早的时候，查理一世不是和国会闹翻了，被判决叛国，斩首么？你读历史，也读到了吧？

—读到了。

—君主制度不一定是坏事，只要有良好的宪法限制国王的权力，有良好的配套。

—国王如果做错了事，我们该怎么办呢？

—怎么这样说呢？

—我们的国王据说疯疯癫癫的。

—他生病了。

—会不会传染太子？

—不会的。将来的世界，会有许多不同的制度，大家吵吵闹闹，甚至打打杀杀，付出许多代价，总以为自己的最好，并且要强加给别人。汤姆，告诉你吧，十八世纪时，我的国家正受满族人管理，也是兴盛的时期，可不多久就走向衰落。那是因为我们把自己关起来。我们的确有过黄金的岁月，在那些开放、多元、融会的年代。当我们把自己关起……

—像新门监狱那样。

—是的，还当是新门皇宫哩。这么多年来，在皇宫里自我感觉良好，没有想到君主体制之外，还有其他的可能。直至这个王国，受了外来的冲击，才找寻出路。君主立宪，我们错过了。帝王可以成为统一的象征，不用他实际执行治理。很久很久的时代，中国有过那么一个禅让的小时期。

—什么叫禅让呢？

—就是皇帝把王位传给贤能的人，而不传给自己的儿子，他本来可以把领袖的权力传给自己的儿子的，但没有，所以大家都赞美他，但汤姆，这和民主不同，那是由上而下的选择。禅让，恐怕还在影响我们。

—法国人讲的民主？

—由人民当家做主，那是一种以大多数人的选择为依归的制度，但同时要保障少数人的权益……你明白我说什么吗？

—不明白。

—但我们要建立的是一套良好的又适合自己的制度。

—我不明白，什么是少数人的权益？

—举个例吧，大多数人喜欢维多利亚式房子，如果只有我喜欢乔治亚式，总不能说我的没有意思，何况，多数和少数可以流动转化。

—流动转化？

—唉，还是找你的叔叔吧。十二岁，在你的时代，有些人已经进入大学了；再过两年，你还可以成为《石头记》的主角。

—《石头记》？

—说说笑罢了。

—请问……

—最后一个问题，最后之一。

—你真的喜欢我们英国的乔治亚房子？

—喜欢什么，喜欢就是了，无需特别的理由。我小时父母把我从内地带来，我在这里读书、成长。后来你们的政府离开了，我们自己的却推出大量新措施，好像要洗刷记忆似的，东拆西拆，更有人用旧东西留下来有什么意图做借口。也是在那个时候，我看见乔治亚房子，一见就喜欢。我喜欢乔治亚，不等于说我就愿意住进里面；我喜欢传统的四合院，难道就向往长期住在四合院么？我经营我小小的房子，无论好歹，我是在重建自己的记忆。

—爱伦，很高兴认识你。

—我也是，小朋友，请不要介意我开的玩笑。

## 71

这个星期日也算是家庭日吧，一伙人全聚在一块儿喝午茶。好久没有这么多人相聚了，因为手足分隔了一段较长的日子，总有三年以上，最初是二妹移民加拿大，姨甥还是在那里诞生的。二妹每封信回来都说寂寞，不惯异邦的生活，她住在爱蒙顿城，根本没有亲友，买了一座大房子，可房子大有什么用，一家三口生活的空间不外是卧室、起居室和饭厅，妹夫找不到工作时就帮忙煮饭、除草、铲雪；偶然找到一份工作，从早到晚，家中只剩下妹妹和婴孩。过了一阵，兄长也移民了，一家四口，但他们住在温哥华，和二妹仍是距离甚远。

二妹有了大房子，本来希望母亲、姐弟都移民过去，怎样可以移民呢？就说赡养母亲吧，然后一家团聚，随母亲移居。然而，母亲等不到那样的日子，过世了，也许她根本就不喜欢异国。二妹多么失望，结果，三年过去，像候鸟那样，回来了，幸好当年的寓所没有出售，仍住回去；加拿大的大房子则卖掉了。日子匆匆过去，孩子也渐渐长大。从幼稚园、小学，进入中学，还到加拿大去探望姑婆。兄长一家四口在温哥华三年，儿子找不到工作回港，女儿要出嫁又回港从夫。结果剩下两个退休的老人家。大伙儿都劝他们回来，终于也回来了。他们不断来来往往，我和弟妹则留在原地。每逢清明重阳，真的是遍插茱萸少数人。本来天各一方，哪里想到这一天竟可以重聚呢？不但兄弟姐妹齐全，还加上几个已婚家庭的丈夫、妻子和子女。

小孩子都长大了，谈的都是课外学习的事，小提琴啦，长笛啦，又是游泳，又是舞蹈，还有电脑。看看兄嫂和自己，都已满头白发。兄长在家，依然爱听唱片。他兴高采烈地说，在加拿大，常有车房卖物，把家中不需要的杂物摆出来卖。兄长说：“总能找到好东西，例如黑胶唱片都是绝版的精品，所以买了许多，单是运回来，也装了几十盒。”他还是喜欢旧唱片，用唱机，换唱针，怡然自得；我说我只有镭射唱片。他说他的黑胶唱片更好，而且，VCD能维持多久呢，又是DVD的世界了，还不知接着什么会出现。兄长除了买旧唱片，又喜欢旧手表和照相机。在加拿大常能遇上。回到香港，就由弟弟陪他上鸭寮街逛，高兴得很，一点也不觉得生活沉闷。还和弟妹们去打保龄、乒乓。可我嫂嫂就不同了，她不喜欢打球，听音乐也没有耐性。在加拿大时，每天逛商场，风雨无碍。兄长说那些商场，逛几次就厌，同样的店、同样的货品，但他妻子就是不厌，慢慢看，仔细挑选，例如贺卡，这张适合给甲，那张适合给乙，为所有的亲友逐一选好寄去。她的亲友又多，除了节日，还有每个人的生日，什么结婚、生子，都可喜可贺。我兄长说，圣诞卡买几盒就行，因为收卡的并不是同一个人呵。但妻子认为，每张卡都应该不同，不同的人应该收到不同的卡。

她又爱买椅枕，绣花的、织锦的、圆的、方的，不管可不可以洗，喜欢的就买，而且许多都连枕芯，不能脱下。单是胖胖的椅枕运回港时竟占了四十盒。至于衣服，可更多了，说大部分都不要，因为要回港了，可到时看看，又舍不得，你说过时，她说漂亮，你说不再穿，她说留着欣赏。于是又运了数十盒回来。

喝完午茶，嫂子又去逛商场了；兄长到我家坐坐。一进门，见客饭厅里摆着一件木头房子，他说你又买了一个书橱吗？因为我有两个书橱都带建筑的模样，有的有圆拱顶，有的有檐部。

我说：这是一座玩具屋。不过，说是书橱，其实也像，而且谁说它将来不会变成一个书橱呢，它的确容纳了一些书，发展下去，再多容纳一二百本有何不可。其他书柜里的故事是扁平的，如今，这屋子里的，是立体的。

○ 你的理想寓所是怎样的？

○ 一个小小的中国古典园林住宅，前有流水，后依山石，种些芭蕉、竹树，以至荷花；白玉兰比房舍高。但屋子内部是西式的，睡房、浴室小一点无妨，书房必须要很大，另需一间工作室和开放式厨房相连。总共四室一园。我的猫可以由书房一直跑到花园去，一个没有猫的寓所怎会是安乐窝。

○ 你呢？

○ 厨房要大，油烟多，不要开放式，睡房要附walk-in衣服室，一切衣帽鞋袜整整齐齐，像间精品店。要有露台，可以种点花。

○ 露台不够种花，我喜欢住顶楼连天台，整个天台种花，楼下的住所，一般就行。

○ 你们呢？

○ 我们的住宅面积要大一点，必须有独立的男主人房和女主人房，虽然是已婚夫妇，不必挤在一起。各有独立的睡房、浴室和工作间，客厅和开放式厨房公用。

○ 你呢，小朋友？

○ 我么？一个大房间和一个小浴室就够了。我要挂一张吊床，一列墙架摆玩具，一定要有电脑，各种电玩，厨房不要，附近有各种快餐店。

○ 我要一间特别的玩具收藏室，中间一张特大的长桌，摆放娃娃屋；四边靠墙摆放毛熊、布娃。

○ 屋子不必大，想想，我在加拿大住那么大的几千呎房子，还有地库、花园，可有什么用，我喜欢逛街，和朋友喝下午茶，看电影，环境最重要，我喜爱城市的热闹。什么“结庐在人境……”。

○“而无车马喧。”

○ 我就希望“车马喧”，这是现代城市的雀鸟声。

○ 我要求屋子外的配套，我熟悉的社区，我见惯了的脸孔，还有食肆、店铺，那种我嗅惯了的气味。

○ 别问我，我根本就不相信这一套，我不信人可以在世间找到理想，你解决这个问题，又会产生另外的问题，你以为问题在屋外，原来同时就在屋内。

○ 对理想的不满，是否本身也是一种对理想的诉求？

○ 本来很简单，却越说越复杂。我家中只要有一间麻雀耍乐的房间。

○ 我当然要有音乐室，配备最好的音响效果。（低声）不用听老婆的天鹅之歌。

○ 越来越多天灾人祸，地震、海啸、雪灾、暴雨，太多家散人亡的悲剧了，幸福得来不易，我但求居住的地方安全。

○ 房子也会思想，有喜怒哀乐，你何不问问它，为什么把它弄得那么不协调，那么脆弱？何不问问，我们怎会把这个星球搞得千疮百孔？

○ 你呢？这一位，你看来像来自十八世纪。

# 后 记

《我的乔治亚》好像写了许久，不是的。

只不过从右手写到左手，中间好些日子，右手因为治病的后遗症，逐渐不灵，有一天，忽然不再听使唤了，只好搁下来。草稿好歹写了大半，只差补缀和串连；但补缀和串连，就像电影后期的剪接，至关重要。当时想，只能如此，大半生由右手承担大部分的工作，其实也差不多了。我的兴趣也从娃娃屋伸向毛熊、布偶，我成为这方面年纪最大的学徒，我和我的同学，年龄相差半个世纪，单凭左手，加上另一只失灵的右手帮闲，我的技术不可能精细，但裁裁剪剪，兴趣越来越浓厚，自觉也有一点点的进步。我甚至梦想将来可以出一本我自己编做的公仔书。

我把公仔书的意念告诉朋友，朋友当然赞成，可是，他说，如果在每一个毛熊、布偶旁边写几行字，就更好了，写了，就由他用电脑抄写。想想也有道理，几行字罢了，我就用左手试写。我学习运用左手书写，过了几年，竟然也能写了，尽管歪歪斜斜，反正，我的朋友又说，右手也好不了多少。《我的乔治亚》小说其中约四分之一曾在《印刻文学生活志》上发表，偶然也有朋友关心下文。于是把搁了好几年的小说找出来，把它完成。

二〇〇八年八月